LES MAÎTRESSES FEMMES DE SAINT-TROPEZ

DU MÊME AUTEUR CHEZ LE MÊME ÉDITEUR

N° 1 : LE MONSTRE D'ORGEVAL
N° 2 : LE CARROUSEL DE LA PLEINE LUNE
N° 3 : L'ABOMINABLE BLOCKHAUS
N° 4 : LES SÉMINAIRES D'AMOUR
N° 5 : LE MARCHÉ AUX ORPHELINES
N° 6 : L'HÉROÏNE EN OR MASSIF
N° 7 : UN CHANTAGE TRÈS SPÉCIAL
N° 8 : LES REQUINS DE L'ÎLE D'AMOUR
N° 9 : LA CITÉ DES DISPARUES
N° 10 : LE CYGNE DE BANGKOK
N° 11 : LA MANTE RELIGIEUSE
N° 12 : LE JEU DU CAVALIER
N° 13 : LA CROISIÈRE INTERDITE
N° 14 : LE HAREM DE MARRAKECH
N° 15 : LA MAISON DES MAUDITES
N° 16 : LA PERMISSION DE MINUIT
N° 17 : LES CAPRICES DE VANESSA
N° 18 : LA VIPÈRE DES CARAÏBES
N° 19 : LE VOYOU DE MONTPARNASSE
N° 20 : LES FILLES DE MONSEIGNEUR
N° 21 : LA NUIT ARABE DE MONACO
N° 22 : LA FERMIÈRE DU VICOMTE
N° 23 : LA PUNITION DE L'AMBASSADEUR
N° 24 : LA SECTE DES AMAZONES
N° 25 : LES SIRÈNES DE L'AUTOROUTE
N° 26 : LE BOUDDHA VIVANT
N° 27 : LA PLANCHETTE BULGARE
N° 28 : LE PRISONNIER DE BEAUBOURG
N° 29 : LES ESCLAVES DE LA NUIT
N° 30 : LES POUPÉES CHINOISES
N° 31 : LES SACRIFIÉS DU SOLEIL
N° 32 : L'EXÉCUTRICE
N° 33 : LA PRÊTRESSE DU PHARAON
N° 34 : UN CANAL ROSE POUR CIBISTES
N° 35 : LES FANATIQUES DE LA VIDÉO
N° 36 : LES ANGES DE PIGALLE
N° 37 : SOSIES SUR MESURE
N° 38 : LA MARQUE DU TAUREAU
N° 39 : L'ÎLE AUX FEMMES
N° 40 : LA CHÂTELAINE DE L'ORDRE NOIR
N° 41 : LA PRINCESSE DES CATACOMBES

N° 42 : LA DISPARUE DE SUNSET BOULEVARD
N° 43 : LE PARFUM DE LA DAME EN GRIS
N° 44 : LES FEMMES MYGALES DE CÔTE-D'IVOIRE
N° 45 : LA DANSE DES COUTEAUX
N° 46 : LES AMANTS DE SINGAPOUR
N° 47 : LA VEUVE DU LAC
N° 48 : LES FANTASMES DU NOTABLE
N° 49 : LA BÊTE DU LUBERON
N° 50 : CARNAVAL A VENISE
N° 51 : LES NUITS BLANCHES DE LA TOUR EIFFEL
N° 52 : LOVE TELEPHONE
N° 53 : GOLF-PARTY
N° 54 : L'ENFER DU COLLECTIONNEUR
N° 55 : LES SOMNAMBULES DU DOCTEUR MARLY
N° 56 : LES ENVOÛTÉES DU MARABOUT
N° 57 : LA TUEUSE D'HOMMES
N° 58 : LA DIVA DU BOIS DE BOULOGNE
N° 59 : LA FOLIE DE BARBE-BLEUE
N° 60 : LE MANIAQUE DU PARKING
N° 61 : LE BATEAU DES FILLES PERDUES
N° 62 : LE DÉMON DU PEEP SHOW
N° 63 : LES CHASSEURS DE MIREILLE
N° 64 : LA PLAGE AUX NYMPHES
N° 65 : NUITS DE CHINE
N° 66 : LA FILIÈRE MEXICAINE
N° 67 : LES SECRETS DE MADAME MAUD
N° 68 : LA FEMME MASQUÉE
N° 69 : TRANSPORT DE FILLES
N° 70 : LA SECRÉTAIRE DU PATRON
N° 71 : LA PANTHÈRE DES PALACES
N° 72 : LES PROFANATRICES
N° 73 : LA TENTATION DE CAROLINE
N° 74 : LA LOUVE DES BEAUX QUARTIERS
N° 75 : LES STRIPTEASEUSES DU PETIT ÉCRAN

MICHEL BRICE

BRIGADE MONDAINE

LES MAÎTRESSES FEMMES DE SAINT-TROPEZ

PLON

Les dossiers Brigade mondaine de cette collection sont fondés sur des éléments absolument authentiques. Toutefois, pour les révéler au public, nous avons dû modifier les notions de temps et de lieu ainsi que les noms des personnages.

Par conséquent, toute ressemblance avec des personnes existantes ou ayant existé serait totalement involontaire et ne relèverait que du hasard...

ISBN : 2-259-01520-4

CHAPITRE PREMIER

Le parfum enveloppa Gilles au moment où il venait enfin de se décider dans son choix entre les deux paires de « docksides (1) » au rayon chaussures pour hommes du Géant Casino du carrefour de la Foux, à l'entrée de Saint-Tropez : ce seraient les bleu-vert clair, beaucoup plus masculines et discrètes que les bleu et rose qui l'avaient fait un instant hésiter. Gilles avait horreur de tout ce qui est trop tape-à-l'œil et aussi du débraillé : les courses que l'on fait en maillot de bain et sandales laissant les orteils à l'air, par exemple. Au point que ses copains se moquaient de ses shorts longs, de ses chemisettes perpétuelles et de ses espadrilles ne découvrant jamais le talon.

Ces « docksides », il lui avait fallu attendre pour se les offrir, son premier argent gagné à faire le livreur une fois son bac passé (avec mention « assez bien », en section littéraire) chez son père, pâtissier rue Gambetta à Saint-Tropez.

Deux cent quatre-vingts francs à sortir, une

(1) Mocassins à semelles souples pour préserver le pont des bateaux et lacés autour du cou-de-pied.

belle saignée dans sa première paye, mais tant pis : les « docksides », il n'y a rien de plus chic.

Tout en mettant les chaussures dans son caddie à côté de toute la droguerie achetée pour sa mère au rayon voisin, il huma l'air voluptueusement. Jamais senti un parfum comme celui-là dans sa famille... Ça sentait à la fois la fleur d'oranger et le poivre, avec quelque chose de très subtil en plus qui le faisait penser, il ne savait trop pourquoi, à de l'ambre ou du musc, comme dans les strophes des poètes symbolistes dont il se serait bien gardé de parler aux copains sous peine de se faire traiter de fada.

Il n'osait toujours pas se retourner, de crainte de rompre le charme, de briser les délires de son imagination qui s'enfiévrait déjà : seule une princesse pouvait porter un tel parfum. Une princesse lointaine et inaccessible comme dans le poème d'Albert Samain, découvert hors programme scolaire, bien sûr. Hélas, les princesses ne fréquentaient pas les supermarchés. Il ne pouvait s'agir que d'une vieille dame, une antiquité d'un autre âge dont l'ultime coquetterie devait être de s'offrir pour seul luxe ce parfum magique avec une retraite de misère.

Ce fut la main qu'il vit en premier et aussitôt, il reçut un choc fabuleux en plein plexus : la main était longue et fine, incroyablement souple et élégante dans le mouvement du poignet, pendant que l'index se tendait vers le rayon de « docksides ».

Et surtout, gantée !

Sans doute, il ne s'agissait que d'un gant de dentelle arachnéenne, une mitaine plus précisément, d'où apparaissaient les doigts au vernis rouge très foncé, des ongles interminables, mais c'était tout de même un gant ! En plein mois de juillet, à Saint-Tropez, et au milieu de la foule, déjà très dense, à dix heures du matin, des estivants aux trois quarts venus de l'Europe entière.

Tout de suite après, une autre main s'avança et attrapa la paire désignée : des « docksides » bleu et rose semblables à ceux que Gilles avait failli choisir, mais d'une taille bien supérieure. La plus grande taille du rayon. Cette fois, la main était nue. Et c'était celle d'une Noire, avec une paume rose comme le rose des mocassins. Une voix s'éleva à côté de Gilles, là où le parfum de luxe se faisait de plus en plus entêtant :

— Ce modèle lui conviendra tout à fait. A présent, allons-nous-en. Je n'en peux plus de cette cohue.

La voix était à la fois douce et ferme, avec des intonations très bourgeoises, comme celles de certaines belles clientes de la pâtisserie familiale, dont Gilles avait toujours regretté, en les voyant dans la boutique, que leur tenue ne soit pas à la hauteur de la distinction de leur voix.

Il eut enfin le courage de regarder. Et, ce fut l'éblouissement, le rêve fait réalité. Une princesse en chair et en os devant lui, exactement semblable à ses espoirs les plus fous. Et il ne vit plus rien de toute la foule autour d'elle. Plus rien que cette longue jeune femme incroyablement vêtue à la mode d'un autre âge : longue jupe plissée en lin beige et corsage en soie rose clair boutonné jusqu'au cou et à poignets mousquetaires. La taille était très serrée, bien prise dans une haute ceinture de cuir noir. Aux pieds, l'inconnue portait des bottines de toile à hauts talons. Et elle était chapeautée ! Un chapeau de paille à larges bords reposant à l'arrière sur un épais chignon brun fauve retenu par une résille, et dont tout le devant était orné d'une voilette relevée et parsemée de petites perles de velours noir.

Gilles essaya de ne pas vaciller. Il n'avait jamais vu ça, sinon dans les illustrations des romans de la Belle Epoque, où de jeunes élégantes à la taille étroite se promènent sur le pont d'un paquebot de luxe, en retenant leur chapeau d'une main, pendant que le vent du large plaque leur jupe interminable sur leurs jambes au-dessus de leurs bottines. C'était exactement ça. Un fantôme du passé surgi dans la cohue d'un supermarché de vacances entre un rayon de chaussures de plage et un rayon de lessives et de détartrants pour W-C. Et un fantôme accompagné d'une servante noire entre deux âges vêtue d'une blouse et d'une jupe d'un blanc immaculé.

Dès que la servante eut pris les « docksides », la jeune femme parut se désintéresser de tout. Le regard plongé dans le vide, elle se dirigea vers la caisse de sortie et Gilles eut un subit pincement au cœur : l'apparition choisissait une des caisses rapides, celles réservées aux clients ayant effectué cinq achats au plus. Il calcula très vite. Entre son achat à lui et ceux effectués pour sa mère, il en arrivait à six exactement. Autrement dit, il lui faudrait prendre une des interminables files d'attente où les estivants se présentent avec des caddies bourrés de quoi nourrir une famille de dix personnes pendant trois semaines. Ce qui signifiait perdre l'apparition de vue à jamais. Hors de question. Gilles en avait le ventre tordu rien que d'y penser. Plus rien d'autre ne comptait pour lui, dans la cohue des caddies se heurtant sous le toit plat de l'immense temple à consommer où les haut-parleurs mitraillaient des annonces publicitaires et des appels sur fond de musique douce dans la lumière crue des néons, que de suivre l'inconnue. Jusqu'au bout. Jusque chez elle. Après ? Eh bien, il ne savait pas ce qui se passerait. Mais, peu importait. Il avait eu le coup de foudre. Comme ça, à dix-sept ans, quinze jours après son bac, pour une princesse fabuleuse et bien réelle. Et autour d'elle, le monde n'existait plus.

Gilles se dépêcha de jeter au passage un de ses achats dans le premier rayon venu. Un rouleau de papier d'aluminium. Tant pis, il dirait à sa mère qu'il avait oublié cet achat. Et il se moquait de sa réaction. Il la connaissait d'avance. La jérémiade habituelle sur son éternelle distraction.

Il réussit à doubler in extremis avec son caddie un gros Hollandais transformé en homard par sa première journée de plage et se plaça juste derrière la jeune femme. Dans sa précipitation, il avait mal dirigé le mouvement de son caddie qui vint heurter la hanche de la jeune femme. Celle-ci se retourna d'un air excédé.

— Je... Pardon... Excusez-moi...

Il bredouillait tellement et il devait être si rouge qu'elle daigna lui sourire. Alors, seulement, il remarqua qu'elle avait les yeux verts et le nez grec, comme ceux des statues. Un nez qui était le contraire de la mode d'aujourd'hui, un nez de déesse. Et elle avait la peau très blanche, diaphane, comme celle de quelqu'un qui ne se met jamais au soleil. Il se sentait devenir cramoisi : il avait aussi regardé la poitine, tendue en avant sous le tissu et comme soulevée par un corset.

Mais, déjà, la servante noire avait réglé son achat et c'était au tour de Gilles de payer. Il surveillait, tandis que la caissière pianotait le prix de ses achats : l'inconnue et la Noire avaient déjà atteint le tiers du hall d'entrée bordé de boutiques. Il régla si vite qu'il fit tomber la moitié de sa monnaie et il ne prit même pas le temps de la ramasser. Il empoigna à plein bras tous ses achats, abandonnant son caddie pour se mettre à courir en zigzag à travers la foule. Il réussit à les rejoindre juste comme elles sortaient dans la fournaise extérieure. La jeune femme avait rabattu délicatement sa voilette sur son visage. En face d'elle, un groupe de vacanciers la détaillait de haut en bas, bouche bée. Elle s'en alla, princière, indifférente aux regards de la foule, suivie à deux mètres de sa servante noire.

Gilles avait rangé son triporteur de livraison à gauche, juste après l'agence du Crédit Lyonnais, tout à côté du self-service jardinage et barbecue. Pourvu que la voiture de l'inconnue soit stationnée de ce côté-ci... Il les dépassa à toute vitesse et vida son chargement dans la caisse blanche marqué au nom de la pâtisserie familiale et dégagea sa chaîne de sécurité. Ouf... Elles venaient dans sa direction, s'arrêtant sous un auvent. Ah, qu'est-ce qu'elles attendaient ?... Un taxi ?...

Il se trouva très bête, subitement. Mais bien sûr, cette interminable Rolls Royce noire aux vitres fumées et aux chromes étincelant sous le soleil qui sortait sans bruit du parking et manœuvrait pour venir s'arrêter à leur hauteur, ce ne pouvait être que la voiture de l'inconnue. Quel autre genre de voiture aurait été digne d'autant d'élégance et de beauté ?

Après, Gilles ne fut plus, apparemment, qu'un badaud parmi des dizaines de badauds sidérés par le spectacle : une Noire entre deux âges, et vêtue de blanc, ouvrant respectueusement la portière arrière de la limousine à une apparition d'un autre âge. Puis, l'entrée de l'apparition à l'arrière avec un envol de chevilles sous les plis de la jupe et plus rien d'autre qu'une vague silhouette derrière la vitre fumée pendant que la Noire s'installait sur le siège avant droit.

— C'est drôle, s'exclama une estivante avec un fort accent belge, où sont les caméras ? Ils tournent bien un film, une fois ?

Son mari haussa les épaules.

— Mais là-bas, regarde, idiote.

Gilles tourna la tête. Effectivement, un homme filmait le départ de la Rolls. Mais ce n'était qu'un touriste comme les autres, et qui aurait une scène assez étonnante à se repasser, cet hiver, à la maison. A côté de lui, un autre homme mitraillait avec son Olympus.

Gilles s'engagea avec son triporteur derrière la Rolls. Il serra les dents.

— Pourvu qu'il y ait des embouteillages, sinon, je vais les perdre.

Il y avait des embouteillages. Ouf...

***

Gilles avait tout oublié depuis longtemps : les courses à rapporter d'urgence à sa mère qui l'attendait pour mettre en route sa machine à laver le linge, les livraisons à faire entre onze heures et midi. Plus rien n'existait que l'arrière de la Rolls Royce noire, là-bas, à deux voitures devant lui. L'envolée de la cheville entre bottine et jupe tout à l'heure, quand l'inconnue s'était assise, lui avait été comme le déclenchement d'un incendie dévorant dans le ventre. Le démarrage d'un désir infiniment plus violent qu'à la lecture de *New Look* et autres *Penthouse*, le soir dans sa petite chambre de la rue Gambetta, au-dessus de la pâtisserie familiale dont les tartes tropéziennes étaient fameuses dans toute la presqu'île. Sur le papier glacé de ces revues, les filles posaient nues dans des positions scandaleuses, lui offrant d'un air gourmand les secrets les plus profonds de leur intimité et pourtant, jamais il n'avait été torturé par un tel désir depuis la vue juste d'une cheville entre bottine et jupe.

Les mains agrippées aux poignées de son triporteur, il avançait au pas dans l'interminable file de voitures sans jamais chercher à doubler. Les yeux vrillés sur la lunette arrière de la Rolls où le chapeau se silhouettait vaguement dans la vitre fumée, il faisait galoper son imagination. Il serait là-bas, assis à l'arrière avec Elle. Il serait son amant. Il aurait le droit de soulever sa jupe, tout doucement. Jusqu'aux mollets d'abord. Puis, jusqu'aux genoux. Mais pas plus haut. Pour l'instant, ce serait bien suffisant de ne pas voir plus haut que les genoux. Ils devaient être très blancs, encore plus que le visage. D'un blanc ivoire, comme chez les élégantes de la Belle Epoque. Et sa gorge aussi devait être d'un blanc divin, avec, peut-être, un très léger tracé de veinules bleuâtres. A sa demande, Elle aurait accepté de déboutonner un peu son corsage, juste assez pour voir le haut de la gorge et le début du renflement de la poitrine soulevée par le corset. Il contemplerait un moment. La chair se soulèverait à chaque inspiration. Il aurait envie de mordre dedans, mais il se retiendrait. Ce ne serait qu'une fois arrivés à la maison, qu'ils se rendraient dans sa chambre et là, il la déshabillerait lentement. Le corsage... La jupe...

Le jupon... Puis les bottines, les jarretelles et les bas. Et le corset qui demande de longues minutes pour accepter d'être délacé. Et la culotte à dentelles et après... Après, Elle dans ses bras, Elle laiteuse et offerte au travers du lit !

Le choc réveilla Gilles comme un coup de poing sur la nuque : il n'avait même pas remarqué que la Méhari devant lui avait stoppé et il avait heurté le pare-chocs arrière avec sa roue avant.

La Méhari était surchargée de garçons et de filles de son âge en tenue de bain. Ultra bronzés, cheveux décolorés par la mer et flottant dans la brise. Une des filles qui se retournait vers lui en éclatant de rire portait un string vert phosphorescent et en haut une sorte de débardeur à mailles larges comme celles d'un filet de pêcheur. La fille se cambra. Les pointes de ses seins sortaient à travers les mailles.

— Alors, on se rinçait l'œil ! fit-elle, langue un peu sortie.

Gilles se sentit devenir plus rouge qu'une tomate comme tout à l'heure au Géant Casino. La fille haussa les épaules.

— Pas vrai ! C'est un puceau ! Ça existe encore à Saint-Tropez ?

La Méhari se secoua d'éclats de rire sur ses amortisseurs. Gilles avait envie de les étrangler tous. De rage, il doubla la Méhari. La fille réussit à le décoiffer de la main au passage. Il accéléra pour doubler encore la BMW précédente et se retrouva juste derrière la Rolls Royce.

Alors, il essaya de reprendre le cours de ses rêves mais ça ne marchait plus. On s'était moqué de lui. On l'avait traité de puceau... C'est vrai qu'il était puceau. Ça faisait assez rigoler aussi ses copains. Rester vierge à dix-sept ans à

Saint-Tropez, c'est un exploit. Seulement voilà, Gilles n'était pas comme les autres. Son moi à lui n'était pas celui des autres.

Mais il venait de rencontrer son rêve. Et il était là, assis sur un triporteur, derrière son rêve devenu réalité. Et bien décidé à le conquérir. Comme un homme. Evidemment, il se rendait compte de l'énormité de ce qui lui arrivait à lui, Gilles Tournel, fils unique de la famille Tournel, pâtissiers de père en fils depuis des générations, rue Gambetta, à Saint-Tropez, et fierté de ses parents pour sa réussite toute fraîche au bac. Mais c'était plus fort que lui. Comme s'il avait reçu un coup de bambou. Il était devenu un autre. Un jouet attiré comme par un aimant par l'inconnue à la Rolls Royce noire surgie dans sa vie une demi-heure plus tôt, habillée comme les héroïnes de ses rêves secrets dans ce Saint-Tropez de l'été où tout le monde se dénude à qui mieux mieux. Et, jusqu'à la nausée pour lui, Gilles, le sensible, Gilles le romantique échevelé.

***

A la sortie est de Saint-Tropez, la voiture se dirigea vers une zone de la presqu'île restée encore aujourd'hui préservée de la foule qui s'agglutine tout au long du golfe et sur la plage de Pampelonne. La baie des Caroubiers, la Moutte et les Salins. Et surtout, face à Sainte-Maxime, l'immense paradis pour riches des Parcs de Saint-Tropez, dominé par la masse imposante et la tour mystérieuse du château Borelli. Construction démente et à moitié mauresque datant du début du siècle et qui tombe peu à peu en ruine aujourd'hui. Ancien domaine agricole loti dans les années soixante, la propriété renferme à présent ce qui peut se trouver de plus pharamineux à Saint-Tropez en matière de villas pour milliardaires.

Aussi, Gilles ne fut pas le moins du monde surpris quand, peu avant le quartier des Vanades, la Rolls Royce obliqua à gauche pour s'engager dans la petite route montant au portail des Parcs. La limousine noire roula lentement, interminable corbillard incongru dans le paysage écrasé de soleil et ses chromes jetaient des éclairs. Un instant, Gilles eut un frisson. Oui, on aurait vraiment dit un corbillard. Mais, dedans, il y avait la fée en mitaines de dentelle et chapeau à voilette. La fée à peau blanche comme l'ivoire. Sa fée. Que craindre d'une fée aussi belle et princière ? Il s'engagea à son tour dans le grand portail, faisant une brève inclinaison de tête au gardien assis à droite dans un transat devant sa maison. Le gardien lui répondit par un petit salut distrait. Ça faisait longtemps qu'il avait l'habitude de voir passer le triporteur blanc aux flancs marqués de jolies lettres bleues au nom de la pâtisserie Tournel. Les habitants des Parcs de Saint-Tropez ne font pas leurs courses. Ils se font tout livrer, des gâteaux aux plats, en passant par les alcools et le caviar.

Là-bas, la Rolls Royce glissait doucement sur la longue allée bordée de palmiers géants menant à la mer, à peine balancée par le passage sur les ralentisseurs de goudron. Il n'y avait pas d'autres voitures. Rien que des livreurs comme Gilles. La Rolls Royce s'engagea à droite dans la descente, une fois arrivée au bout, là où la vue se dégage d'un coup sur tout le golfe avec Sainte-Maxime en face et au loin Saint-Raphaël et le cap du Dramont, dernière limite du mistral. Un moment, Gilles crut que la Rolls allait descendre vers la calanque de la Rabiou et il fut déçu : aussi jolies qu'elles soient, aucune des villas du bord de mer ne lui paraissait digne de l'inconnue. Il fut soulagé : ce n'était qu'une manœuvre pour mieux repartir, à droite, vers la hauteur de la pointe de l'Ay, en limite du domaine, une zone où il y a peu de constructions. Par prudence, il s'arrêta à hauteur de la dernière villa connue de lui : une fois franchis les piliers de pierres sèches d'un portail, la voiture s'éloignait dans une allée bordée de palmiers. Déjà hauts, mais visiblement plantés depuis cet hiver seulement. Tiens, il devait donc s'agir d'une maison neuve. Il n'était jamais encore allé livrer par là.

Tout autour, c'était le maquis, avec des bosquets de pins parasols légèrement balancés par la brise. Les cigales se déchaînaient et ça sentait très fort le thym et le romarin. Une fois la voiture disparue derrière un massif de lauriers-roses, Gilles poussa son triporteur dans un sentier à travers les buissons d'épineux qui lui éraflaient les jambes. Il trouva un endroit où le cacher et revint sur ses pas. Il n'y avait plus personne. Le soleil tapait à rendre fou et la réverbération sur les feuilles vernissées des épineux lui donnait des éblouissements. A moins que ce ne soit cette fantastique tension au ventre qui reprenait de plus belle. A la seule évocation de la cheville entr'aperçue entre bottine et jupe, son désir était reparti avec une telle violence qu'il en avait mal dans tout le réseau des artères de son aine parcourue d'un afflux de sang à lui faire exploser le membre dans son short.

Il tituba, haletant, et fit aussitôt un saut en arrière, comme piqué par un taon au creux des reins. C'est alors qu'il aperçut ce qu'il n'avait pas encore remarqué : un haut rouleau de barbelés traversait le maquis : les limites de la propriété. Il essaya de chercher comment passer à travers. Impossible. La barrière était faite d'un triple réseau acéré. Le seul moyen d'entrer était de prendre l'allée et bien sûr, de se glisser le plus vite possible de côté dans le maquis. Il retourna vers le portail et il sursauta encore : sur le pilier de gauche, une plaque de cuivre astiquée de frais portait ces mots : NO MAN'S LAND. En guise de nom de propriété...

Gilles réprima les battements de son cœur et franchit le passage. Il n'avait pas parcouru dix mètres qu'un grincement métallique le fit se retourner : surgis de derrière chaque pilier, les deux battants d'une grille glissaient l'un vers l'autre sur des roulettes engagées dans des rails, tous seuls, électriquement. Il y eut le claquement sec d'un pêne s'engageant dans sa gâche et puis plus rien d'autre que des craquements de feuilles sèches dans le maquis. Un mulot ou une couleuvre, ou peut-être une vipère. Et l'incessante râpe invisible des cigales. Gilles revint vers la grille et son cœur faillit exploser dans sa poitrine. Des pointes acérées bordaient toute la traverse supérieure. Et le haut de chaque pilier n'était qu'un hérisson de pointes métalliques.

Il se mordit les lèvres et se força à siffloter.

— Je trouverai bien une sortie, crâna-t-il à mi-voix.

Puis, il prit une lente inspiration. Au fait, avait-il vraiment envie de repartir ? Un reste de conscience le fit se traiter de fou. A la pâtisserie, sa mère devait commencer à se faire du souci. Son fils n'était jamais en retard. Toujours respectueux et sérieux. Trop sérieux même, sans doute. Gilles eut un instant d'hésitation. Un très court instant : le feu de son ventre était trop intense pour qu'il revienne à la raison. Quand il repartit, obliquant très vite dans le maquis à sa gauche, de peur de se faire repérer dans cette allée large comme une vraie route, il n'avait plus qu'un regret en tête : être toujours en espadrilles. Et pas avec ses élégantes « docksides », seules chaussures dignes, selon lui, de fouler le sol de la propriété de l'inconnue à la Rolls Royce.

Gilles mit dix bonnes minutes à trouver ce qu'il cherchait : une sente qui lui permettrait enfin de ne plus s'écorcher les mollets aux ronces. Il s'y engagea, et très vite, il sut que la sente allait dans la bonne direction. De la musique venait de s'élever au loin, d'abord étouffée par les cigales, puis de plus en plus distincte. Il ne fut pas surpris que ce soit ni du jazz ni du rock, mais du piano. Et il avait tout de suite reconnu les préludes pour piano de Debussy. Il accéléra. La sente montait et descendait, plongeant parfois vers des pins parasols centenaires pour découvrir ensuite toute la vue sur le golfe et se ré-enfoncer entre les arbousiers. Enfin, le bruit du piano fut tout proche. Une cinquantaine de mètres au plus. Gilles ralentit. Encore une côte et puis, soudain, au détour d'un virage, toute une échappée de vue sur une petite vallée en arc de cercle comme un théâtre grec avec la mer en bas.

Gilles se recroquevilla derrière un buisson. C'était encore plus beau qu'il aurait pu l'imaginer. Au centre de la vallée, et ombragée de trois pins parasols immenses, la maison. Neuve de toute évidence, ça se voyait à la fraîcheur du crépi et à l'état des tuiles rondes. Mais construite à l'imitation parfaite des mas d'autrefois. Avec des murs à contrefort et des fenêtres creusées dans des murs épais.

Partout autour, un fabuleux jardin méditerranéen parsemé de massifs de fleurs avec un étonnant labyrinthe d'ifs taillés. Le soleil faisait des arcs-en-ciel dans les retombées des arrosages automatiques. L'eau d'une très grande piscine frissonnait à l'écart, non loin d'un tennis. Pas de ce bleu aveuglant et vulgaire, au goût de Gilles, des autres piscines de la presqu'île. Légèrement verte comme si le fond était moussu. Il n'y avait personne autour de la piscine, ni ailleurs, même pas à côté de la Rolls Royce, rangée sous un auvent de tuiles à côté d'une Range Rover, d'une Ferrari rouge et d'une Mini-Moke de service.

Le piano devait se trouver derrière la grande baie du fond, côté mur. Gilles voyait se soulever un voilage au gré de la brise solaire qui montait. Et la musique vive et lancinante à la fois des préludes de Debussy achevait de le saouler complètement. Ce n'était pas vrai ! Il était vraiment entré en plein conte de fées. Le lieu n'était pas réel. Et pourtant si. Mais, comment s'approcher ? Parce qu'il n'était pas question qu'il reste là, à portée de l'inconnue au moins sans la voir ! Il écarta précautionneusement les ronces et se mit à chercher le moyen d'atteindre la maison sans être repéré.

Très vite, la seule solution possible lui apparut : descendre du côté de la façade ouest de la maison, qui était aveugle. Le labyrinthe d'ifs se trouvant de ce côté-là. Il lui permettrait d'atteindre le mur. Après, Inch Allah !

Maintenant, Gilles retrouvait peu à peu son souffle. Il était arrivé contre le mur aveugle et il s'était dissimulé entre le mur et un cyprès planté à l'angle. Son cœur avait repris un rythme normal. Il était enfin tout près du but. D'au-delà de l'angle, le son d'une voix lui parvenait. Il ne comprenait pas encore les paroles, mais le son l'avait tout de suite fait se bloquer : la voix de l'inconnue, tout près de lui, de l'autre côté du mur !

Il se hasarda à avancer la tête. Rien devant lui. Juste l'une des entrées du labyrinthe d'ifs. Et la voix provenait de sa droite, à l'intérieur de la maison. Cette fois, il entendait les paroles.

— Marie-Edith, va me chercher la robe de soie verte. Tu sais, celle à larges emmanchures.

Chaque syllabe, chaque intonation tordait un peu plus le ventre de Gilles. Il étudia l'espace dallé de briques entrecroisées entre le mur et le début du labyrinthe. Une jarre de géraniums lierre était disposée juste sous la fenêtre, suffisamment haute pour lui permettre de se hisser, le nez à ras de l'ouverture. Et si quelqu'un allait sortir du labyrinthe ?... Tant pis. Il n'en pouvait plus. Il quitta sa cachette en collant son dos au mur et grimpa sur la jarre. Trente secondes plus tard, accroché d'une main à l'appui de la fenêtre et de l'autre au crochet extérieur du volet, il se mit à avancer doucement la tête de biais.

D'abord, il ne distingua rien dans la pénombre intérieure, ébloui comme il l'était par le soleil. Il n'entendait que des froissements de tissu et des soupirs lents. Et il y avait de nouveau le parfum, le fabuleux parfum ambré et musqué. Par chance, un bouquet de fleurs sauvages était disposé sur l'appui de la fenêtre, lui permettant de se hausser encore plus.

Et ses yeux finirent par s'habituer à la pénombre. Alors, Gilles ne bougea plus du tout. Exorbité.

CHAPITRE II

Une fille nue, bien sûr que Gilles savait ce que c'était. De la plage de Tahiti à Pampelonne en passant par la Bastide blanche et toutes les criques secrètes du Capon, de l'Escalet et de Camarat, le bord de mer en est rempli, dans la presqu'île de Saint-Tropez, depuis mai jusqu'à octobre.

Mais c'est du naturisme. Du « clinique ». Du banal, pensait Gilles. On finit par ne même plus remarquer. Une fille déshabillée, c'est autre chose qu'une fille nue. Toute la différence entre l'étalage, monotone comme l'ennui, de morceaux de chair allant du rose au brun et un fabuleux miracle de l'érotisme : un corps si longtemps imaginé avec les vêtements qui le cachaient et qui se révèle soudain scandaleusement offert comme un joyau interdit.

C'était ça, qu'il avait sous les yeux, à quelques mètres de lui, moins de deux heures après son coup de foudre pour l'inconnue à voilette, mitaines et parfum capiteux. La Femme avec un grand F. Dans son gynécée... Et qu'il était seul à découvrir comme un voleur découvre les trésors cachés de la caverne d'Ali-Baba.

Dans son grenier familial, Gilles avait un jour

découvert le catalogue d'une exposition d'un peintre de la Belle Epoque au fond d'une malle d'osier datant de son arrière grand-mère. Et c'était ce jour-là, en juillet comme maintenant, dans ce grenier surchauffé au-dessus duquel des bandes de martinets passaient en criant furieusement, que sa sexualité s'était fixée. A treize ans. Le peintre s'appelait Enjolras et les reproductions n'étaient qu'une succession de jeunes femmes longues et fessues à la fois, avec des poitrines fabuleuses. Des nez grecs et de lourds chignons sur la nuque. Il y avait : *La lettre de l'amant,* où le modèle nu s'alanguissait entrouverte sous une lampe à abat-jour brodé. *La toilette,* avec une servante boutonnée jusqu'au menton et qui faisait se pâmer sa patronne en lui frottant le flanc et la poitrine avec une éponge. Puis *Rêveuse après-midi,* avec au fond du tableau des rideaux à demi-fermés et sur le lit défait, une belle décoiffée, gorge renversée, la main encore tout près du pli de l'aine. Des pages et des pages de mêmes images à faire délirer. Et qui avaient fait délirer Gilles jusqu'à lui faire avoir sa première expérience d'auto-érotisme.

Depuis, il n'avait vécu que dans l'attente de ça : un des modèles d'Enjolras à la peau d'ivoire, alanguie devant lui. Et l'attendant, lui, Gilles Tournel, le fils unique du pâtissier de la rue Gambetta.

C'était à se mordre la langue jusqu'au sang pour se prouver qu'il ne rêvait pas. Même le décor était semblable. Reconstitué exactement comme dans les toiles des maîtres pompiers de la Belle Epoque. Une lourde commode ventrue aux sculptures compliquées, des fauteuils de velours cramoisi, une méridienne recouverte de cachemire dans un angle, une coiffeuse de bambous tordus. Et, partout un amoncellement de vases de Gallé (il y en avait un chez lui, préservé comme un trésor familial) débordant de bouquets de fleurs en grappes, en épis et en gerbes sur lesquelles il aurait été bien incapable de mettre un nom. Les murs étaient tapissés d'une toile violette, mauve et jaune où des lévriers jouaient avec des faisans et des bacchantes. Des pastels y étaient accrochés, reproduisant des élégantes au Bois, en calèche ou à cheval, des naïades sortant d'une rivière sous les saules et puis au-dessus du lit, un tableau fauve représentant les trois grâces dans un décor où Gilles reconnut immédiatement le golfe de Saint-Tropez à l'époque des peintres qu'il allait souvent admirer au musée de l'Annonciade. Un Manguin, il en avait tout de suite reconnu la facture. Une œuvre valant très très cher...

Mais tout ça n'était rien à côté de la jeune femme alanguie sur le lit à baldaquin surchargé de velours et de gazes. L'inconnue du Géant Casino de la Foux. Entièrement nue. Pardon, déshabillée. Sur le dos, chignon défait et respirant doucement, un bras passé sous la tête et l'autre descendant peu à peu vers son ventre. Elle avait exactement les proportions des modèles des peintres pompiers de la Belle Epoque. Poignets et chevilles très fins. Hanches larges et seins à la fois lourds et pointus. Et, comme sur les tableaux, son aine était épilée. La main droite descendait vers le pli de l'aine, hésitante. Et puis, elle se décida.

Et Gilles découvrit, estomaqué, que la femme aussi pouvait s'adonner au plaisir solitaire. La main avait progressivement pris possession du sexe, entrouvrant les grandes lèvres, cherchant le clitoris, le faisant saillir, l'abandonnant pour se pénétrer à plusieurs doigts, revenant au clitoris et ainsi de suite. La main gauche allait et venait d'un sein à l'autre en faisant gonfler les pointes.

Maintenant, l'inconnue se tordait dans ses draps roses comme une bacchante devenue folle. Avec de petits cris rauques. Le corps blanc comme l'ivoire était inondé de sueur et ça exaltait encore plus la violence du parfum.

Dehors, Gilles avait le dos brûlé par le soleil à travers sa chemise, mais ce n'était pas pour ça qu'il transpirait, lui aussi. Maintenu d'une seule main au rebord de la fenêtre, les pieds bien calés sur la jarre, il se moquait désormais complètement d'être surpris. Lui aussi avait entrepris de se caresser. Et, peu à peu, le spectacle de l'intérieur à travers l'encadrement de la fenêtre devenait aussi irréel que les images des catalogues d'exposition. Comme si, soudain, le modèle du peintre s'était animé pour parachever ce que le tableau ne faisait que suggérer.

Seule différence : la servante noire allait et venait dans la pièce, préparant la robe demandée, disposant sur un fauteuil de nouveaux jupons, une nouvelle guêpière. Mais l'inconnue qui râlait toujours sur le lit paraissait ne pas lui prêter plus d'attention qu'aux meubles et aux objets de la chambre.

Sur la jarre, Gilles délirait complètement :

— C'est comme si je l'aimais. En vrai... Oui... Je suis sûr qu'elle pense à moi... Elle m'a regardé de cette façon, cette façon, au Géant Casino, quand je l'ai heurtée...

Il vacillait sur sa jarre, dix fois il manqua tomber. Il s'accrochait à se casser les ongles de la main gauche. Et la droite allait et venait, comme la main droite de l'inconnue, sans arrêt. Retardant et accélérant à la fois le moment du plaisir.

Ils explosèrent ensemble, elle dans son lit et lui contre le mur. Elle n'arrêtait pas de crier et de se tordre comme une couleuvre autour de sa main. Gilles, lui, se mordait tellement les lèvres pour ne laisser passer aucun son qu'il sentit un goût fade et chaud de sang dans sa bouche quand il reprit enfin conscience. Alors, il sut qu'il ne pourrait pas rester là plus longtemps. Des mouches volaient devant ses yeux avec des successions d'éclairs. L'air lui manquait. Il réussit à descendre sans s'écrouler et dès qu'il eut rejoint sa cache, à l'angle de la maison, sous le cyprès, il s'évanouit lentement.

⁂

A son réveil, le soleil avait tourné et donnait à plein sur la façade aveugle de la maison, transformant en fournaise sa cachette derrière le cyprès. Gilles se mit à gémir en se relevant. Il avait comme une barre de fer en travers du front et une jambe ankylosée par la position où il avait dû rester sans connaissance une bonne demi-heure. La douleur le dessaoula complètement. Tout à coup, il se voyait tel qu'il était : un gosse qui a fait une folie. Ce n'était pas possible, qu'est-ce qui lui était arrivé ? Il devait être près d'une heure de l'après-midi et, rue Gambetta, ses parents devaient se faire un sang d'encre. Sûr qu'ils le croyaient passé sous un camion. Il les voyait se tordre les mains à la gendarmerie en suppliant tout le monde de se lancer à sa recherche. Il eut honte de lui et se leva péniblement. D'accord, la scène de tout à l'heure le hantait encore, mais c'était surtout pour se demander comment il avait pu en arriver là, se masturber debout sur une jarre et accroché à un mur comme un voyeur ! Maintenant, il fallait fuir, rentrer à la maison et tâcher de trouver une excuse acceptable.

Prudemment, il explora les alentours. Rien. Il tournait dans sa tête le problème le plus urgent pour l'instant : comment refranchir la barrière de barbelés ? Pourvu qu'il trouve un endroit avec deux arbres de chaque côté pour lui permettre de l'escalader par les branches...

Il allait ressortir de sa cachette quand il se bloqua. Des voix. Provenant du labyrinthe végétal. Il se replaqua à toute vitesse entre mur et cyprès. Et il ouvrit les yeux de stupeur. Deux personnes sortaient du labyrinthe. Une fille et un homme. Ou plutôt une jeune fille et un vieil homme. La jeune fille était une rousse au visage couvert de taches. Elle était vêtue d'une tenue de tennis datant de la même époque que l'habit de l'inconnue du supermarché. Blouse à poignets et col boutonnés, longue jupe plissée au-dessus de chaussures plates de toile passée au blanc d'Espagne et large chapeau de paille sur la tête. Elle avait les cheveux noués en chignon. D'une main, elle tenait une raquette et de l'autre, le poignet d'un homme. Un géant de plus de deux mètres, chauve et glabre.

Le géant était entièrement nu.

Sauf, aux pieds, les « docksides » bleu et rose achetés le matin au Géant Casino de la Foux. On aurait dit un gorille à tête humaine, mais un gorille glabre et doux comme un mouton qui se laisse conduire gentiment par la main sans protester. Les yeux paraissaient morts, sans expression.

Au cou, il avait un collier de chien clouté d'où pendait une plaque d'acier luisant et un mot était gravé en capitales dans l'acier. Un seul mot que les connaissances de Gilles en anglais, assez convenables, lui permirent de traduire aussitôt :

Slave : esclave.

Gilles faillit hurler de terreur au moment où « le couple » le dépassa devant le cyprès à deux mètres de lui : le dos et les fesses du vieil homme étaient striés de marques de fouet toutes fraîches, mais il ne paraissait pas en souffrir. Il avançait comme un automate, bras ballants, la nuque basse. Ses « docksides » étaient trop petits pour ses pieds, recroquevillés dedans. La jeune fille rousse le conduisit jusqu'à un pin parasol et de lui-même le géant s'adossa au tronc, le visage caché entre les bras. Comme celui qui compte avant d'avoir le droit de se retourner au jeu de cache-cache.

Puis, la jeune fille se recula et, d'une voix dure, en anglais :

— Compte jusqu'à vingt. Après, tu as une minute, pas une seconde de plus pour me retrouver dans le labyrinthe.

Elle partit d'un rire acide.

— Sinon, tu connais la punition. Pas de déjeuner.

Gilles, lui, s'était mis à haleter. Le rêve se transformait en cauchemar. Mon Dieu, où était-il tombé ? Tout ça était atroce, effroyable. Il scruta encore les alentours, une fois la rousse disparue dans le labyrinthe et il se rua en avant en essayant de battre son record de vitesse. Il ne lui fallut pas plus de trente secondes pour atteindre les buissons, là-haut, d'où partait la sente qu'il avait prise à l'aller quand il comprit que ce n'était pas la peine de continuer : deux silhouettes lui faisaient face. Deux femmes en chapeau à voilette. L'une portait une très longue et très ravissante robe de soie verte à larges emmanchures et c'était l'inconnue à la Rolls Royce, la bacchante échevelée de la chambre mystérieuse. L'autre était bien plus âgée, sèche et droite et vêtue en homme. Pantalon de cheval, et bottes noires, chemise militaire en haut, ce qui faisait un ahurissant contraste avec son chapeau à voilette. En plus, elle était gantée de cuir.

Deux énormes bouviers des Pyrénées s'étaient bloqués à gauche et à droite des deux femmes, n'attendant qu'un ordre pour bondir sur Gilles.

— Voulez-vous vous expliquer, jeune homme ? siffla la plus âgée des deux femmes

Gilles se tordait les mains, incapable de sortir la moindre syllabe.

— Mais je le reconnais ! s'exclama l'inconnue à la Rolls Royce. Je l'ai vu ce matin. Dans cet abominable supermarché où tu m'as envoyée !

L'autre partit d'un rire sec :

— Je vois. Tu lui as tapé dans l'œil. Il t'a suivie.

Elle se rapprocha :

— Petit con, tu ne sais pas qu'on n'entre pas chez les gens sans y avoir été invité ? Allez, parle ! Tu es là depuis combien de temps ? Et qu'est-ce que tu as vu ? Parle ! Il suffit que je claque des doigts pour que mes chiens te dévorent.

Gilles jeta un regard perdu aux deux bouviers. Chacun d'eux devait peser plus lourd que lui. Et leurs babines se soulevaient sur des crocs gros comme le pouce.

— Je vous en prie, bredouilla-t-il. Laissez-moi repartir... Je ne recommencerai plus, je vous le jure.

La femme habillée en homme tapa nerveusement le sol du talon.

— Réponds à mes questions. Et tout de suite.

Elle le fixait à travers sa voilette et le regard était insoutenable. Gilles baissa les yeux. Et il se mit à tout avouer : le supermarché, le coup de foudre, la filature de la voiture. Et l'entrée ici. Sans aller plus loin.

— Et après ? insista la femme.

Gilles n'osait toujours pas relever les yeux.

— Après, je me suis caché et j'ai attendu qu'elle sorte.

Il marqua un temps d'arrêt.

— Il fallait absolument que je lui parle. Ça a été plus fort que moi, vous comprenez ?

Il se mit à vibrer.

— Vous comprenez ?

La femme émit un nouveau rire sec.

— Eh bien, Aïda, tu fais des touches chez les puceaux maintenant ? Bravo !

Gilles jeta un regard désespéré à celle dont il connaissait désormais le prénom : Aïda... Aïda, qu'il avait vu se caresser, tordue de plaisir, solitaire sur un lit...

— Je vous en prie, reprit-il, je veux partir.

Les deux femmes se concertèrent du regard.

— Dis-moi encore une chose, reprit la cavalière, qu'est-ce que tu as vu au juste pendant que tu la guettais de derrière ton arbre ?

Gilles avala sa salive, surtout ne pas parler du géant au collier, surtout...

— Rien, reprit-il. Il n'y avait personne. A croire que la maison était inhabitée.

Au même moment, il y eut un craquement de brindilles dans le dos de Gilles. Il se retourna vivement et la première chose qu'il vit, ce furent les « docksides » bleu et rose. Puis de bas en haut tout le géant nu au dos et aux fesses striés de coups.

Et à la plaque marquée « Slave ».

— Allan ! hurla la cavalière en anglais. Fous le camp. Rentre à la maison ! Et plus vite que ça !

Le géant se courba, comme s'il venait d'être de nouveau fouetté et il obéit, retournant sur ses pas mécaniquement, voûté, plus gorille que jamais. La cavalière se rapprocha de Gilles et elle releva sa voilette d'un geste vif. Le visage était moins blanc que celui d'Aïda, mais les traits étaient très masculins, avec une bouche en lame de couteau et des prunelles de rapace.

— Désolée, petit, tu en as trop vu. Tu resteras avec nous. Marche devant. Et rappelle-toi, un claquement des doigts et les chiens sont sur toi.

Gilles essaya bien d'obéir, mais ses jambes se mirent à flageoler une nouvelle fois. Et, une nouvelle fois, il tournoya sur lui-même et s'effondra en boule, évanoui.

***

Au réveil, il était étendu sur un lit à montants de cuivre dans une chambre très fraîche aux murs peints à la chaux. Il y avait un lavabo dans un coin et une commode ancienne ventrue contre le mur faisant face à la porte. La fenêtre était grande ouverte et quand il se releva sur les coudes, il vit la mer au loin, jusqu'à Sainte-Maxime, la mer piquetée de voiles claires. Il se retourna vers celle qui le fixait au pied du lit. La cavalière, sans son chapeau et fumant une cigarette qu'elle tenait entre ses doigts comme un homme.

— Bon, commença-t-elle, tu vas tout me dire. Qui tu es, où tu habites, comment tu es venu.

Tout. Tu es d'ici, hein ? Tu as l'accent. Qui es-tu ? Réponds !

Cinq minutes plus tard, la femme savait ce qu'elle voulait savoir. Y compris l'emplacement où le triporteur était caché.

Une demi-heure plus tard, le triporteur était installé à l'arrière de la Range-Rover par deux femmes athlétiques en jean et tee-shirt. Ordre d'attendre la nuit pour aller l'abandonner très loin quelque part du côté de la Garde-Freinet.

Une heure plus tard, Aïda sortit du bureau de la cavalière et monta directement à la chambre où Gilles avait été bouclé à double tour.

Avec des instructions à lui transmettre et qu'il allait être difficile de lui faire accepter. Mais Aïda avait ordre d'y parvenir par tous les moyens. Lesquels, elle ne le savait que trop. Il y avait longtemps qu'Aïda connaissait, dans tous ses détails, l'art de rendre les hommes fous.

CHAPITRE III

La mer était telle qu'on la rêve quand on est encore au bureau ou à l'usine, quand on compte les jours dans l'attente des vacances. Lisse et chaude. Délicieusement chaude sur tout le corps quand on se laisse aller sur le dos en faisant la planche, les yeux vers le ciel d'un bleu absolu.

Ça faisait bien dix minutes que Boris Corentin, inspecteur divisionnaire à la Section des Affaires recommandées, la section reine de la Brigade Mondaine, se laissait dériver doucement avec béatitude.

Qu'est-ce que la vie est belle quand on est en vacances ! Comme tout paraît loin, Paris, le Quai des Orfèvres, le monde crapuleux de la drogue et du vice où il traquait les désaxés et les désaxées de tout poil, tout au long de l'année, dans cette lutte incessante et ingrate de la police pour garder propre la société !

Là-bas sur la plage, Ghislaine, Ghislaine Duval-Cochet, son amie de toujours, sa complice en amour, se dorait au soleil, affolant encore une fois tous les mâles de la plage. Elle l'avait appelé trois jours plus tôt :

— Tu ne peux pas te libérer, ne serait-ce

qu'une dizaine de jours ? On me prête une maison à l'Escalet. J'ai envie que tu viennes.

Bien sûr, « Baba », le fameux commissaire divisionnaire Charlie Badolini, patron de la Brigade Mondaine, avait tiqué. Il avait horreur que Boris, son inspecteur préféré, celui qu'il considérait quasiment comme un fils, lui fasse faux bond. Hélas pour lui, Ghislaine était une amie et Charlie Badolini ne savait rien refuser à Ghislaine. Ainsi Brichot, l'équipier de Boris, le fidèle Mémé, avait été un peu triste, un peu jaloux peut-être aussi. Lui, il faudrait attendre août pour les vacances familiales dans son Berry natal avec Jeannette et les jumelles, Rose et Colette, plus Charles, le dernier-né dont Charlie Badolini était le parrain. Comme Boris était celui des jumelles.

Boris revint vers la plage dans un crawl puissant. Leurs matelas étaient installés sur la meilleure des plages privées de Pampelonne. « Polynésie », la plage où on sait qu'on sera toujours reçu en ami par le patron, Jacques Ferry et ses deux plagistes, Richard et Walter. Et traités comme des rois.

Boris sortit de l'eau et cette fois, ce fut toute la population féminine de la plage qui se mit à rêver. Jeune sosie d'Alain Delon, Boris était bâti en athlète. Un fauve. Mais fauve au repos, cette fois.

Il se laissa aller sur son matelas à côté de Ghislaine et lui caressa le dos.

— Qu'est-ce qu'on est bien ! s'exclama-t-il.

Ghislaine se souleva sur le coude et se retourna, ce qui eut pour effet de faire se balancer ses seins fabuleux.

— Moi, je suis bien parce que je suis avec toi, murmura-t-elle.

Boris lui sourit. La nuit d'avant avait été merveilleuse. Dîner en tête à tête aux *Mouscardins,* sur le port, où le soufflé au chocolat avait été fameux comme toujours. Puis soirée chez *Régine,* dont Ghislaine possédait à son nom la carte de membre rose rayée de gris en diagonale, et puis amour jusqu'à l'aube et sommeil enlacé jusqu'à midi, avec petit déjeuner sur la terrasse. Les amis de Ghislaine savaient acheter une maison. La vue était imprenable sur la mer, allant jusqu'à Sainte-Maxime et Saint-Raphaël pardessus la colline. On voyait au loin le château Borelli des parcs de Saint-Tropez avec sa tour démente.

A trois heures, ils avaient déjeuné sous une paillotte : salade de mesclin et sardines grillées pêchées la nuit, le tout arrosé d'un rosé délicieux. La belle vie. Pour dix jours.

Ghislaine s'enduisait de crème solaire.

— C'est ce soir qu'on dîne avec Lucien Dormaz ?

— Oui, si ça ne t'ennuie pas.

Elle sourit.

— Tes copains sont mes copains.

Lucien Dormaz, un ancien inspecteur de la Mondaine qui avait demandé sa mutation à Marseille. Il était détaché pour l'été au Ciat de Saint-Tropez, rue Sibylle.

— On le retrouve où et à quelle heure ? reprit Ghislaine.

— Je ne sais pas encore. Je lui ai donné le numéro de la plage. Il va m'appeler.

Ghislaine se rallongea, offerte aux rayons de soleil. Boris en fit autant et il recommença à savourer son bonheur.

*
**

Un petit toussotement tira Boris de sa rêverie. Il ouvrit les yeux et se redressa aussitôt.

— Lucien ! Quel plaisir de vous voir déjà ! Vous avez pu vous libérer plus vite que prévu, bravo. J'espère que vous avez votre maillot ! L'eau est formidable et...

Il s'arrêta aussitôt. Ça y était, son intuition, sa célèbre intuition venait de lui faire tilt. Lucien Dormaz n'avait pas la tête à se mettre en maillot de bain pour aller piquer une tête dans la mer. Il avait la tête qui ne trompe pas, celle du boulot et des soucis.

Ghislaine à son tour l'examina avec curiosité. C'était un grand échalas blond qui, un peu gêné, lissait sa grosse moustache et dont les yeux pétillaient d'intelligence. Il lui plut tout de suite.

— Quelque chose ne va pas ? fit Boris après avoir fait les présentations.

Dormaz s'accroupit dans le sable à côté d'eux.

— Désolé, Boris, mais la réponse est oui. Je ne suis pas sûr de pouvoir venir avec vous ce soir. Je suis venu pour vous prévenir de ne pas me réserver votre soirée.

Il marqua un temps d'arrêt.

— Un gosse de dix-sept ans a disparu depuis trois jours. Et c'est très bizarre.

Boris s'assit complètement.

— Pourquoi, très bizarre ? Les gosses qui disparaissent c'est fréquent, hélas, surtout à l'époque des vacances. Il s'agit peut-être d'une fugue.

Dormaz fronça les sourcils, ce qui fit drôlement bouger sa moustache.

— Le cas est différent. Il s'agit du fils d'un pâtissier de Saint-Tropez qui est en outre conseiller municipal. Un gosse bien sous tous les rapports. Tout ce qu'il y a de plus sérieux et de réglo. Il vient de passer son bac, et avec mention. A dix-sept ans, joli, non ?

— Ah, je vois, fit Boris. Vous pensez à un enlèvement...

— Oui...

Boris attrapa une Gallia.

— Et il n'y a aucune demande de rançon, non, n'est-ce pas ?

— Exact, rien de tout ça. Tout juste un triporteur retrouvé dans un fossé peu après la Garde-Freinet, dans les virages qui descendent vers le Muy. Le triporteur de Tournel, c'est le nom du pâtissier. Dedans, quelques courses que le gosse était parti faire pour sa mère au Géant Casino de la Foux entre deux livraisons. Une paire de chaussures aussi.

Boris émit un petit sifflement.

— Et c'est tout ? Rien d'autre depuis trois jours.

— Oui... Les parents sont comme fous. C'est leur fils unique. Il se trouve que je les connais personnellement. Très vieille famille tropézienne. Je connais aussi le gosse et je pense sincèrement que ce n'est pas le genre à faire une fugue. Sans doute un peu solitaire de caractère, comme beaucoup de littéraires. Mais le cœur sur la main. Jamais il n'aurait fait le coup de la fugue à ses parents.

Boris fixa Lucien Dormaz :

— Allez, soyez franc jusqu'au bout.

L'autre se détourna.

— Désolé, Boris, vraiment désolé. Mais j'ai besoin de vos conseils, et peut-être de votre aide... Personne, ici, ne vous arrive à la cheville, vous comprenez ?

Boris jeta un bref coup d'œil à Ghislaine. Elle faisait semblant de s'intéresser passionnément à ses ongles.

— Je vous remercie pour vos compliments, bien exagérés, fit-il. Mais, sincèrement, qu'est-ce que je peux faire pour vous ? Je suis un flic de la Mondaine, moi, pas un flic du service des Recherches dans l'intérêt des familles.

Lucien Dormaz paraissait ne pas l'avoir entendu :

— Boris, le petit Gilles Tournel est beau garçon. Très beau garçon. De nos jours, les beaux garçons de dix-sept ans courent autant de risques d'être enlevés que les jolies filles surtout l'été à Saint-Tropez. Ça s'est vu. Vous le savez comme moi.

Boris se détourna, puis il mit ses coudes sur ses genoux et la tête dans ses deux mains. Là-bas, au bout de la plage, la mer venait rouler sur le sable en léger clapotis doux comme des caresses. Dix jours de vacances... Et la tuile dès le deuxième jour... La tuile à laquelle il ne pouvait pas échapper. Dormaz était quelqu'un qu'on peut croire. S'il disait qu'à quatre-vingt-dix-neuf chances sur cent le petit Gilles Tournel était en grave danger, c'était, hélas, très probable. Un flic, c'est comme un médecin. En vacances ou pas, ça ne se défile pas devant une urgence. Et là, il y avait urgence. A dix-sept ans, on est malléable, influençable. Ça va vite, le pourrissement d'un jeune, aussi propre qu'il ait été au départ.

Boris se tourna vers Ghislaine.

— Ghislaine..., commença-t-il.

Elle le fixa avec un petit sourire triste.

— Allons, ne t'excuse pas. Je t'ai pris comme tu es. Je ne supporterai pas que tu te dérobes devant ton devoir de flic. Maintenant, dépêche-toi. Tu ne vois pas que ton ami veut t'emmener tout de suite ?

Elle lui tendit ses lèvres.

— Appelle-moi quand même à la maison, j'y rentre bientôt.

***

Assis devant l'un de ces bureaux classiques de skaï, semblables à ceux de tous les commissariats de France, Boris tournait entre ses doigts une photo d'identité. Celle d'un gosse de dix-sept ans prénommé Gilles et disparu depuis trois jours. C'était vrai que le visage était très beau, très régulier, avec des sourcils noirs bien dessinés. C'était au regard, surtout, que Boris s'attachait.

Franc et direct.

Et avec, au fond des prunelles, cette espèce de douceur rêveuse qu'ont souvent les littéraires ou les artistes.

Et aussi ceux qui sont romantiques donc portés à s'enflammer vite.

Le regard des gens influençables.

CHAPITRE IV

Allongé les bras en croix en travers du grand lit à baldaquin, Gilles haletait doucement. De temps à autre, il avait une brusque torsion des reins et il se mettait à gémir. Alors, Aïda l'abandonnait un instant et il n'y avait plus sur les flancs de Gilles que le contact des longues boucles dénouées.

— Ah, ah... fit-il. Non pas encore... Je t'en prie.

Cela faisait bien un quart d'heure que celle qui était devenue sa maîtresse allait et venait avec sa bouche tout autour de son membre. Jamais, quelques jours plus tôt, il n'aurait pu imaginer ça possible : découvrir l'amour avec l'incarnation la plus parfaite de ses rêves solitaires. Et le découvrir dans toutes ses possibilités. En trois jours Aïda lui avait tout appris et le temps, si proche pourtant, où il n'était encore qu'un petit puceau voué aux images des catalogues d'Enjolras, lui paraissait remonter à un siècle. Le monde d'avant n'existait plus. Disparus dans les limbes vagues d'un passé révolu, ses parents, la pâtisserie, Saint-Tropez, la vie normale. Bien sûr, il s'était étonné, le premier après-midi après le déjeuner, qu'Aïda lui avait monté sur un plateau dans sa chambre, d'oublier tout si vite.

Et surtout de voir disparaître tous ses remords vis-à-vis de ses parents, mais il avait enfoui ses pensées gênantes au plus profond de son subconscient et, désormais, il ne vivait plus que pour une seule chose : Aïda. Aïda sa reine, Aïda sa maîtresse. Le ventre d'Aïda, les reins d'Aïda, la bouche d'Aïda et tout ce corps d'ivoire fabuleux qu'il ne se lassait jamais de dévorer des mains et de la bouche.

Il se rappelait très bien le moment exact où sa honte et ses remords avaient disparu. C'était à la fin du déjeuner. C'était drôle, une merveilleuse béatitude l'avait endormi peu à peu. Il avait très soif et demandait de l'eau, mais Aïda insistait pour lui resservir encore une coupe de champagne. Alors, il avait mis cette euphorie sur le compte du champagne et quand Aïda s'était levée pour lui dire, d'une voix subitement rauque, de la déshabiller, il avait brutalement basculé de l'autre côté de tout. Et c'était comme ça depuis trois jours et trois nuits, ne s'arrachant aux bras d'Aïda que pour les repas, toujours au champagne, ou pour s'écrouler sur le lit pour d'interminables pauses de sommeil.

L'avenir, il n'y pensait plus jamais. Seul comptait le présent. Et puis ce champagne, ce merveilleux champagne qui le plongeait dans une lente et douce ivresse sans cesse renouvelée par la coupe qu'Aïda lui faisait boire, comme on fait boire un enfant.

Cette fois, les lèvres d'Aïda avaient atteint la base de son membre, et celui-ci pénétrait sa gorge jusqu'au fond. Elle en avait de temps à autre comme des ébauches de hoquets et chaque fois, une délicieuse onde électrique nouvelle s'irradiait en étoile depuis son membre dans tout son ventre et sa poitrine.

Ça y était. Le moment de se laisser aller. Il posa ses deux mains sur la nuque d'Aïda et il se mit à caresser les mèches soyeuses d'où sortaient en vagues le parfum qui le rendait fou. La bouche se mit à remonter lentement, lèvres serrées en étau autour du membre. Quand elles eurent atteint le renflement du gland, elles marquèrent un temps d'arrêt, puis elles le franchirent et Gilles se tordit comme un serpent. Il ne savait que trop ce qui allait suivre. Le Paradis sur terre.

Maintenant, les lèvres d'Aïda, refermées sur le gland, tiraient celui-ci très délicatement et en même temps sa langue faisait le tour de la boule en chair tuméfiée, rapide, puis lente et toujours en spirale. Peu à peu, le feu du gland se transformait en incendie, en fournaise.

— Ah, ah..., reprit Gilles.

Il sauta dans le lit à faire crier les ressorts. Cette fois, c'était l'explosion, la ruée saccadée de son sperme avec une fabuleuse accélération des ondes électriques. Ça n'arrêtait pas. On aurait dit qu'elle voulait le vider jusqu'à la dernière goutte de la source.

Quand il s'abandonna enfin, épuisé, la bouche d'Aïda remonta le long de son ventre, puis de son cou, et elle se coucha sur lui.

— Tu sais, que tu as une queue d'enfer, toi ? murmura-t-elle dans son cou. Tu es trop maigre et on voit tes côtes, mais tu es monté comme un âne.

Il béait de bonheur et de fierté, il l'étreignait à l'étouffer. Et il répétait qu'il l'aimait. Et elle, est-ce qu'elle l'aimait ?

Aïda se releva et les pointes de ses seins frôlèrent le torse de Gilles tandis que ses boucles dévalaient sur son visage, l'inondant du merveilleux parfum.

— J'aime ta queue, petit âne.

Puis, elle se releva complètement.

— Maintenant, tu vas dormir, je le veux.

Elle lissa du doigt son front encore trempé de sueur.

— Dors, tout de suite.

Gilles ferma les yeux. Par la fenêtre ouverte, on entendait les cigales. Des martinets passaient en sarabande. Les voilages se balançaient dans la brise solaire avec des frôlements soyeux contre les battants de la fenêtre. Et puis, il y avait le parfum d'Aïda, le parfum dont elle s'inondait toujours avant l'amour. Déjà, Gilles se sentait gagné par une espèce de houle d'épuisement délicieux. Et très vite, il sombra, le visage détendu, les lèvres légèrement entrouvertes dans un sourire d'ange.

En trois secondes, Aïda fut debout. Elle le contempla un instant.

— Dommage..., murmura-t-elle pour elle-même. Tu ne méritais pas ça, toi...

Elle haussa les épaules d'un air excédé, puis elle mit ses mules, passa sa longue robe de chambre de soie sauvage et sortit.

***

Dans l'immense salon aux baies vitrées donnant sur la mer, on n'entendait aucun bruit du dehors et pour cause : les baies étaient fermées. Tout juste le léger ronronnement de la climatisation. Les murs étaient couverts de toiles de peintres pompiers du début du siècle. Au-dessus de la cheminée, *L'incendie de Babylone* avec, au premier plan, des scènes d'orgie. Enjolras était représenté par un des tableaux reproduits dans le catalogue de Gilles sous le titre *Un instant de langueur*. Et la jeune femme était, à peu de détails près, la jumelle d'Aïda. A part *L'Incendie de Babylone*, tous les tableaux ne montraient que des femmes nues. A part, aussi, un Saint-Sébastien percé de flèches.

Jacqueline de Goudarques, épouse Murchison et disposant à ce titre de deux passeports, l'un français et l'autre américain, puisque son mari était le richissime héritier d'une chaîne de trois cent motels à travers tout le territoire des Etats-Unis, n'était pas vêtue en cavalière. Cette tenue, elle la réservait au matin, quand elle montait Sirocco, son anglo-arabe à la robe feu, à travers la propriété et tout au long du sentier des douaniers de la pointe de l'Ay au cap des Salins. Comme on était l'après-midi, elle était vêtue d'un tailleur Chanel à cloqués roses. Mais un tailleur fait à l'imitation des débuts de Coco Chanel, dans les années vingt, c'est-à-dire avec une jupe longue et des escarpins de l'époque. Et le chignon était maintenu relevé par un catogan de velours noir.

Enfoncée dans un des quatre canapés de daim fauve, face à deux paravents de Coromandel, elle fumait un cigarillo tout en feuilletant distraitement une revue hippique.

Le géant nu à collier de chien et plaque d'esclave n'était pas très loin d'elle. Assis par terre sur le dallage à l'ancienne. Pas sur les épais tapis persans, interdits comme les fauteuils et les canapés. Assis en tailleur, il feuilletait mécaniquement des bandes dessinées pour enfants, ne dépassant pas l'âge de cinq ou six ans. Son âge mental, depuis cette fameuse nuit, il y avait cinq ans à Palm Springs (Californie) où tout avait basculé pour Allan Murchison. Parce que cette larve immense au visage glabre, c'était le mari de Jacqueline. Fabuleux play-boy autrefois et dont elle était tombée amoureuse dès leur rencontre dans une réception. Ce n'était qu'après qu'elle avait appris à quel niveau de fortune il se trouvait par héritage : Elle l'avait épousé en fille amoureuse. Ça faisait très longtemps... Elle ne comptait même plus. Et puis, il y avait eu la révélation du secret d'Allan, son horrible secret dont la nuit de Palm Springs n'avait été que la conclusion logique.

Comme était absolument logique, dans l'esprit de Jacqueline, la punition qu'elle avait décidé d'infliger pour le restant de ses jours à son mari retombé en enfance : le collier et la plaque d'esclave, la nudité intégrale, sauf bien entendu pendant le transport de l'une de leurs innombrables propriétés à l'autre à travers le monde. Et le fouet quotidien. Plus les humiliations et les vexations savamment distillées.

Entre les mains de l'ex play-boy devenu larve, il y avait, sur dix pages maximum le déroulement de l'éternelle lutte de l'oisillon des courts métrages et du chat sans cesse variée...

Allan se mit à rire comme un demeuré en voyant la dernière image : le chat était ligoté et l'oiseau lui enfonçait de force dans la gorge un poisson réduit à l'état d'arêtes.

Jacqueline se tourna, excédée.

— Allan ! fit-elle d'une voix sèche en anglais. Ça suffit. Tu reveux le fouet ?

Le géant stoppa aussitôt, l'air penaud. Il referma l'album et se mit à se compter les doigts, une main après l'autre avec concentration. Jacqueline prenait l'air de plus en plus dégoûté : qu'est-ce qu'il était ridicule avec son vieux sexe rabougri traînant sur le carrelage, sa plaque infâmante et ses « docksides » rose et bleu qu'on était allé lui acheter par dérision au Géant Casino, c'est-à-dire au prix le plus bas. Lui, le milliardaire au compte en banque à faire pâlir d'envie le plus riche des armateurs grecs.

Mais pas un instant, la plus petite once de pitié ne passa dans les yeux de Jacqueline. Ce matin, elle avait fait fouetter son mari plus cruellement que d'habitude par Castor, la plus robuste des deux employées de maison. Castor et Pollux, un couple de lesbiennes scandinaves recrutées par petites annonces dans une revue spécialisée américaine. C'était elles-mêmes qui s'étaient présentées sous ces noms, à cause de leur ressemblance. Toutes les deux blondes et athlétiques. De vrais catcheurs de foire. Elles faisaient tout, de la cuisine à la lessive, en passant par le courrier et l'entretien du jardin. Le service des chambres était réservé à Marie-Edith, la vieille Antillaise, lesbienne elle aussi, comme tout le monde ici, y compris Beatrix, la petite rousse hollandaise engagée pour les plaisirs de l'été tropézien de Jacqueline et d'Aïda. Rien que des femmes dans la propriété appelée « No Man's Land » symboliquement. Sauf, Allan, traité en bouc émissaire pour payer pour tous les hommes, les ennemis jurés de Jacqueline depuis la nuit de Palm Springs. Allan, et puis le nouveau, le petit pâtissier de Saint-Tropez qui avait eu le malheur de trop en voir, c'est-à-dire d'être susceptible de raconter ce que Jacqueline faisait subir à son mari retombé en enfance...

Et dont le sort allait se régler rapidement. Après quelques jours de « paradis » offerts par pur sadisme, juste pour mieux lui faire comprendre ce qu'il perdait à vie, quand on lui ferait subir ce qu'Allan avait subi.

La castration.

Et c'était pour la fin de la semaine.

⁂

La porte glissa dans le dos de Jacqueline et celle-ci n'eut pas besoin de se retourner pour savoir qui était entré : déjà le lourd parfum ambré et musqué avait envahi le salon, poussé par le souffle de la climatisation.

Aïda vint s'asseoir à côté de Jacqueline et lui offrit aussitôt ses lèvres, mains abandonnées sur le cuir du canapé de chaque côté de ses hanches. La langue impérieuse de sa maîtresse se mit aussitôt à fouiller. En même temps, Jacqueline dénouait la ceinture de la robe de chambre et elle ouvrait les pans, dégageant le corps nu qui s'offrait, cuisses déjà écartées. Aïda poussa un râle : la main gauche de Jacqueline s'emparait de son ventre, écartant les grandes lèvres, épilées, cherchant le clitoris.

A la différence de Jacqueline, Aïda n'avait jamais commencé par les hommes. Les femmes, tout de suite, dès la puberté avec une camarade de collège, au temps où elle s'appelait encore Chantal. Elle avait rencontré Jacqueline trois ans plus tôt et tout de suite, elle était devenue sa chose. Sa « femme » obéissante et docile, dressée savamment à satisfaire ses moindres désirs. Y compris, l'année dernière, celui de la faire se prostituer dans un bordel de luxe des Philippines où on lui avait appris à satisfaire les hommes dans les détails les plus scandaleux. Ça avait duré six mois et elle en était revenue plus douce et plus obéissante que jamais.

Avec Gilles, c'était sur ordre de Jacqueline qu'elle singeait l'amour et le plaisir. Elle savait bien pourquoi Jacqueline l'avait obligée à se prostituer à Manille. Pour en arriver au même point qu'elle de haine contre les hommes. D'accord, ce gosse était innocent et ce qu'il allait subir dans quelques jours était atroce, et un reste de pitié envahissait Aïda de temps à autre, mais au fond, ça l'amusait, cette « éducation sentimentale » qui allait aboutir sur l'opération. Et puis après, la mort.

Parce qu'il n'était pas question que Gilles survive pour témoigner.

Aïda était à présent complètement renversée sur le canapé et Jacqueline, agenouillée sur le tapis, mordillait tour à tour les pointes de chacun de ses seins. Sa main droite avait empoigné par en dessous la nuque d'Aïda et elle la tordait. Comme sa main gauche tordait le clitoris, ne l'abandonnant que pour fouiller le sexe jusqu'au plus profond.

Elles déliraient autant l'une que l'autre, se répétant qu'elles s'aimaient, qu'elles s'adoraient, qu'elles ne se quitteraient jamais. Elles étaient comme dans un des tableaux secrets de ces peintres de la Belle Epoque que le public ne verra jamais. Et c'était exprès. Une des raisons de leur passion avait été leur goût commun pour cette époque aujourd'hui révolue où les femmes s'habillaient en femmes et laissaient aux jardiniers le « privilège » d'avoir la peau cuite par le soleil. La fortune d'Allan lui avait permis de réaliser leur rêve commun : recréer le passé. Comme dans cette demeure où on se serait cru reporté quatre-vingts ans en arrière jusqu'au moindre détail de la décoration.

Jacqueline se releva soudain :

— Maintenant, fit-elle.

Aïda prit une lente inspiration et s'ouvrit encore plus, fermant les yeux, paupières bloquées. Au claquement sec du briquet, elle devina ce que faisait sa maîtresse. Jacqueline allumait une cigarette. Puis, elle revint et s'assit de biais contre la taille d'Aïda. Alors, tout en fumant, elle attrapa de sa main gauche le clitoris gonflé et elle se mit à le tourner, à le tordre, à le tirer. Aïda se cambrait, se soulevait, poussait de petits cris de bête :

— Les seins, je t'en supplie, les seins aussi, gémit-elle.

Une petite tape sur la joue la fit s'arrêter.

— Non, le bouton seulement.

Et Aïda eut son plaisir, juste avec ces deux doigts qui prenaient et tiraient son clitoris tuméfié. Au moment où la vague de fond la souleva tout entière, elle hurla comme une chienne, sans retenue, interminablement.

Après, elle baisa à deux mains la main qui l'avait rendue heureuse et Jacqueline lui dit de renouer sa robe de chambre avant de décrocher le téléphone. Elle pressa la touche correspondant à « l'office ».

— Pollux ?... Apporte-moi le dossier banque.

Cinq minutes plus tard, accroupi devant la table, le géant au dos zébré signait avec application tous les ordres bancaires que sa femme lui tendait. Sans très bien comprendre ce qu'il faisait. Mais un jour, Jacqueline avait réussi à lui faire réapprendre peu à peu à tracer sa signature. Les seules lettres qu'il sache tracer. Pour le reste, il était devenu parfaitement illettré.

A la fin, Pollux lui tendit sa récompense, un cornet de glace. Allan se jeta dessus avec des grognements de satisfaction.

Jacqueline le repoussa du pied.

— Tourne-toi. Tu baves. Je ne veux pas te voir.

Elle se mit à jouer avec les cheveux d'Aïda :

— Alors, tu le rends heureux ? Il t'aime à la folie, hein ! Tu le vides ?... Très bien. La punition n'en sera que plus juste.

Elle rêva un peu et elle aussi eut la même réflexion qu'Aïda tout à l'heure :

— Dommage, il a un accent si mignon et il est joli garçon. Dommage pour lui..

Elle serra les mâchoires.

— Mais c'est un homme, n'est-ce pas ? Et un vrai désormais, grâce à toi. Il paiera. Pour tous ceux que nous ne pouvons pas attraper.

Elle sourit tendrement à Aïda.

— Et mon champagne, il le boit bien ? Ah, surtout, veilles-y.

Le champagne, seule boisson à vraiment dissimuler le goût des pilules à endormir la conscience.

CHAPITRE V

Au fond de l'arrière-boutique de la pâtisserie, un couple de canaris roucoulait dans leur cage suspendue devant la fenêtre ouverte. Après, il y avait un de ces petits jardins secrets des villes du midi insoupçonnables depuis la rue. Avec son laurier-rose et son figuier où l'on voyait les restes d'une cabane d'enfant.

Mme Tournel surprit le regard de Boris sur la cabane et elle se remit aussitôt à sangloter.

— C'est lui qui l'a construite. Il n'y a pas longtemps, il y montait encore pour lire.

Boris se détourna. Que dire à une mère dont le fils unique a disparu sans laisser la moindre trace ? Il en avait vu dans sa carrière, des mères éplorées comme elle. Que faire d'autre que de lui promettre de tout essayer ?

Depuis une heure, les parents de Gilles répondaient à leurs questions, Dormaz et lui. Et rien de nouveau ne sortait de ce dialogue qui aurait été lassant s'il n'avait pas été dramatique. Gilles avait toujours été un garçon en avance sur son âge. Ses professeurs avaient beaucoup d'estime pour lui. Ils lui promettaient de belles études à l'université. En revanche, il était très secret, se mêlant peu aux jeux de ses camarades. Par exemple, à la connaissance de ses parents, il n'avait pas de flirt. Ses seuls vrais amis paraissaient être ses livres.

Boris écoutait, et il songeait à sa première réaction à la vue de la photo d'identité au commissariat. Le regard romantique, le regard typique de ceux qui sont capables de s'enflammer comme de l'amadou. Il ne savait pas encore trop pourquoi, mais son intuition lui disait que c'était peut-être là que se trouvait le seul indice capable de le mettre sur une piste.

Depuis la veille, tout ce que la presqu'île comptait comme indicateurs infiltrés dans les milieux spéciaux de l'été avaient été mis en chasse. Mais rien d'autre que les partouzes classiques, les soirées à la limite de ce qui est permis. La police sait très bien ce qui se passe l'été à Saint-Tropez. Ne serait-ce que parce que la presqu'île devient, le temps de quelques semaines, le point de ralliement de tout ce que l'Europe compte de gens à fiches dans le monde du sexe et de la drogue. Mais le bilan avait été nul, à part la découverte de quatre ou cinq petites affaires de mœurs « banales » y compris avec des mineurs des deux sexes. Du tout venant. Du classique. Il fallait chercher ailleurs. Mais où ?...

La trace de Gilles s'était perdue cinq jours plus tôt maintenant, ici même, rue Gambetta, quand il était parti avec son triporteur vers le Géant Casino. Il y a fait quelques achats. Mais après ? Les policiers envoyés en enquête là-bas étaient revenus bredouilles. Personne n'avait reconnu le gosse sur la photo présentée parmi les caissières, les vendeuses et les chefs de rayon dans la zone où, logiquement il avait dû se rendre. Bien sûr aussi, on avait fait des battues un peu partout, sans résultat non plus. Quant à la mer, ça on ne fouille pas : au large de Saint-Tropez, un corps lesté coule aussitôt à mille mètres de profondeur...

Boris se passa la main sur le menton. Il avait beau chercher, il revenait toujours au regard sur la photo. Le regard romantique. Avec l'impression qu'il lui lançait un appel. Derrière lui, Mme Tournel n'arrêtait pas de se moucher et Boris ne put s'empêcher de penser à Aimé, son coéquipier, pour la première fois loin de lui depuis le début de leur collaboration, et il luttait pour ne pas les imaginer, Jeannette et lui, un jour, en train de pleurer la disparition de Rose, de Colette, ou de Charles.

Il se rapprocha de la maman de Gilles. Celle-ci se serrait contre son mari, un petit homme chauve, très digne, très droit.

— Excusez-moi, fit-il, mais je souhaiterais voir la chambre de Gilles.

M. Tournel le fixa, ébahi.

— Je ne comprends pas. A quoi ça peut vous servir ?

En d'autres circonstances, Boris aurait savouré l'accent, délicieusement chantant.

— Oh, reprit-il, à rien, je le crains. Mais, on ne sait jamais. C'est juste pour me faire une idée plus précise du caractère de votre enfant. Une chambre de garçon, ça parle beaucoup, vous savez.

Les parents hésitaient toujours. Dormaz vint au secours de Boris :

— Il a raison, je vous assure...

Il marqua un temps d'arrêt.

— Votre fils a peut-être un secret. Et dont il y a peut-être trace dans sa chambre.

Mme Tournel eut un haut-le-corps, mais son mari l'enlaça tendrement.

— Minette, je crois qu'il faut les laisser faire. Ce sont des policiers. Ils connaissent leur métier. Allons, je les conduis.

*
**

C'était une petite chambre de lycéen classique. Avec un bureau à tréteaux près de la fenêtre et un lit étroit. Pas si classique que ça tout de même. D'habitude, les gosses de dix-sept ans couvrent leurs murs de posters de champions de moto ou de groupes de rock à la mode et il y a des disques et des cassettes dernier cri à côté du tuner et des lecteurs de cassettes. Là, le seul poster était une vue ancienne du lac de Lugano avec au premier plan, un couple attablé. Un couple vêtu comme on était vêtu en 1900. Et la musique ne comportait que des classiques avec pour compositeurs les plus proches de nous, Debussy et Gustav Mahler. En plus, les rayonnages étaient bourrés de littérature et de livres d'art.

M. Tournel avait eu la discrétion de les laisser seuls et ils purent fouiller à loisir. Ça les gênait, mais il le fallait. A part quelques *Play-boy* et autres *Lui*, ils ne trouvèrent rien de bien méchant. Gilles était un garçon qui écrivait des poèmes dans un cahier à couverture bleue. Des poèmes très influencés par les symbolistes, en particulier Albert Samain. La première impression de Boris au vu de la photo d'identité avait donc été la bonne. Gilles était un grand romantique. Un garçon pas de son époque.

Boris remettait le cahier à sa place, derrière deux livres d'art quand son attention fut attirée par un album dissimulé dans un recoin du rayonnage. Il tira : un catalogue ancien. Celui d'une exposition d'Enjolras, célèbre peintre coquin des années 1900. Boris se mit à feuilleter. Rien que des nus d'un érotisme alangui. Mais les pages avaient été beaucoup feuilletées... Il s'arrêta devant l'image d'une jeune femme nue, étendue sur un sofa. La main encore tout près de l'aine et le visage chaviré dans les coussins. Il se pencha. Au bas de la page, il y avait une tache séchée qui déformait un peu le glacé du papier. Boris ne put s'empêcher de sourire. Non, Gilles n'était vraiment pas tout à fait un garçon comme les autres. Ce n'était pas devant les modèles de *Play-boy* que le fils du pâtissier de la rue Gambetta se livrait au plaisir solitaire, mais devant un album de filles de la Belle Epoque à la peau d'ivoire. Comme on n'en voit plus jamais aujourd'hui.

***

Boris reposa son Ricard sur la table rouge de la terrasse de chez *Sénéquier* où il était allé s'installer avec Dormaz en sortant de chez les Tournel.

— La question que je vais vous poser vous paraîtra complètement idiote, fit-il en observant distraitement le manège d'une minette aux seins libres sous son tee-shirt moulant qui faisait tout pour se faire remarquer des marins d'un yacht grec amarré en face d'eux, mais elle a de l'importance pour moi.

Lucien Dormaz l'étudia par en dessous.

— Allez-y, vous avez toujours eu l'art de poser la dernière question à laquelle on s'attendait.

Boris sourit.

— Je vous assure que celle-ci vous fera me prendre pour un fou. Bon, j'y vais...

Il reprit son verre.

— Auriez-vous entendu parler par hasard d'une femme ou de plusieurs femmes, ou de gens, hommes et femmes, est-ce que je sais, qui viendraient l'été à Saint-Tropez pour fuir le soleil ?

Lucien Dormaz écarquilla les yeux.

— Pour fuir le soleil ? Est-ce qu'on vient à Saint-Tropez pour faire autre chose que danser, baiser et bronzer ?

Boris agita la main.

— Evidemment, mais imaginez l'exception qui confirme la règle. Des gens qui aimeraient la côte d'Azur comme on l'aimait au début du siècle. Je veux dire, pour sa beauté, pour le chant des cigales et la pureté de ses nuits. Mais rien que pour ça. Pas pour se mettre au soleil. Pour le fuir, vous comprenez ? Comme on le fuyait en 1900.

Dormaz prit l'air sincèrement ennuyé.

— Je suis désolé, je ne vous suis pas du tout.

Boris but lentement une petite gorgée de son Ricard.

— Dans la chambre de Gilles, pendant que vous examiniez le contenu de son armoire, je suis tombé sur l'album d'un peintre de la Belle Epoque. Rien que des nus à la peau blanche comme l'ivoire. Et sur l'une des pages, il y a du sperme séché. Pas sur les pages de *Play-boy*. Vous voyez ce que je veux dire ? Les rangées de poètes symbolistes, les disques de Debussy et de Gustav Mahler. Gilles a fait une fixation sur la Belle Epoque. Par réaction sans doute pour le monde de sexe et de soleil d'aujourd'hui, mais peu importe : c'est un délicat, un romantique, un rêveur, lui. Ses yeux le disent. Ses rêves se sont fixés sur le passé. Or son désespoir secret, c'est que ce soit une époque disparue à jamais. L'été surtout, ici à Saint-Tropez. Ça doit le ronger encore plus avec le défilé de tous ces estivants à la peau tannée.

Il marqua un temps d'arrêt.

— Ses parents nous l'ont dit. Ils ne lui connaissent aucun flirt. C'est même la seule chose qui les soucient avec lui. Ils le trouvent trop sage, trop renfermé.

Dormaz s'était figé, les yeux dans le vague.

— Vous m'épaterez toujours. Mais bien sûr que ça se tient, votre démonstration... Et si vous me permettez, je vais anticiper sur ce que vous voulez me dire après. Je crois bien avoir deviné votre théorie de base. Votre pari en quelque sorte.

Boris ouvrit les mains :

— Je vous écoute.

— Ce n'est qu'une supposition de votre part, bien sûr, reprit le policier, mais pour vous, il est tout à fait possible que, sur le chemin du Géant Casino, ou au Géant Casino, Gilles soit tombé sur l'objet de ses rêves devenu réalité. Une femme qui se refuse au bronzage. Une estivante à la peau toute blanche parmi les peaux dorées. Il en a le coup de foudre. Et il l'a suivie. C'est ça ?...

Boris émit un petit sifflement.

— Comme vous y allez ! Je serai beaucoup plus prudent, moi. Parce que n'oubliez pas une chose : Gilles est un bon petit. Il n'aurait jamais laissé ses parents sans nouvelles. Il serait revenu. Réfléchissez.

Dormaz approuva de la tête.

— OK, j'ai bien pensé à ça aussi. Mais laissez-moi continuer à exposer ce que je crois être votre théorie. Bon, Gilles a suivi cette supposée personne à la peau blanche comme l'ivoire. Puis il a disparu. C'est donc qu'il a été enlevé.

Boris alluma une Gallia.

— CQFD, mon cher Lucien. Malheureusement, tout ça n'est qu'une hypothèse bien primaire, même si c'est la seule que nous puissions échafauder pour l'instant. La seule qui colle avec le caractère de Gilles. Alors on va faire avec, non ?

— C'est-à-dire ?

Boris appela le serveur pour régler.

— Si ça ne vous ennuie pas, on va faire un petit tour du côté de la Foux. Au cas où quelqu'un aurait vu aussi l'autre matin cet oiseau rarissime, une estivante qui se cache du soleil. D'accord, et toujours si elle existe, Gilles peut l'avoir rencontrée ailleurs, mais pour l'instant, il n'y a que le Géant Casino où nous puissions trouver des possibles témoins. Vous venez ?

***

Dans l'immense supermarché, c'était l'heure de la plus grande affluence. Une vraie cohue de caddies chargés à exploser. Mais rien à voir avec la cohue hargneuse des supermarchés d'hiver. Ici tout le monde était en vacances et l'atmosphère était très bon enfant. Boris et Dormaz avaient très vite trouvé le rayon droguerie, celui où Gilles était censé s'être rendu. Et maintenant, le chef de rayon auquel ils avaient présenté leurs plaques de police se grattait la tête.

— Votre question est vraiment bizarre. Vous savez, des estivantes à la peau blanche, il y en a tout plein. Tout le monde est blanc, ici, le jour de l'arrivée.

Boris se rapprocha de lui.

— Ce n'est pas ce que je veux dire. Je parle d'une femme qui se cache du soleil. Et donc qui est habillée très couvert. Et avec un chapeau à larges bords par exemple. Comme autrefois, vous voyez ?

Le chef de rayon approuva du menton.

— Je vois ! Une originale, quoi...

— C'est ça, une originale.

L'autre se mordillait la moustache.

— C'est vrai que j'étais de service ce matin-là mais je n'ai rien remarqué, je vous assure.

Il se tourna brusquement.

— Mais, je suis idiot. La caissière... Tiens Josiane, là-bas. Elle était de service ce matin-là, à l'heure que vous me dites. Juste avant qu'elle ne parte en congé. Je vais la faire remplacer un instant.

***

Tout en écoutant Boris, Josiane n'arrêtait pas de l'observer de haut en bas, la langue un peu sortie. Alain Delon, son rêve... Un sosie d'Alain Delon devant elle en chair et en os.

— Alors ? fit Boris en souriant.

Josiane se tortilla.

— Je vous ai laissé finir, mais j'aurais pu vous interrompre tout de suite. Bien sûr que je l'ai remarquée, la dame. C'était ahurissant. Même que j'ai cherché s'il n'y avait pas une caméra quelque part. Je croyais qu'on tournait un film. En plus, elle était gantée, et avec un chapeau à voilette. Et une domestique noire la suivait, toute vêtue de blanc. Une vraie dame. Elle était belle, oh oui ! Une reine.

Elle ouvrit tout grand les yeux.

— Tenez, le genre de Sissi l'Impératrice. Exactement ça.

Boris jeta un coup d'œil en coin à Dormaz. Mais déjà Josiane poursuivait :

— Je me rappelle même ce qu'elle a fait acheter par sa domestique. Des chaussures de bateau, vous voyez là-bas, le rayon des « docksides ». Moi, je me demandais pourquoi elle était venue acheter ça !

Boris se tourna vers Lucien Dormaz.

— Vous n'auriez pas conservé sur vous la photo de Gilles ? Ah... Excellent.

Il prit la photo et la tendit vers la vendeuse.

— Et ce jeune homme, ça vous dit quelque chose ?

Josiane attrapa la photo :

— Pardi. C'est le petit Tournel, le fils du pâtissier de la rue Gambetta.

Elle se mit à roucouler.

— Il est mignon hein ? Mais il ne regarde jamais les filles. Dommage...

Boris tapota la photo de l'index.

— Vous ne l'auriez pas vu ici, par hasard, ce matin-là ?

Josiane haussa les épaules.

— Vous ne me laissez même pas le temps de terminer. Bien sûr, que je l'ai vu, il est passé à ma caisse juste après la dame. Et c'est drôle, tenez je me le rappelle maintenant, lui aussi a acheté des chaussures de bateau, avec de la droguerie.

***

Sur le seuil du Géant Casino, Boris se fit heurter par deux véritables catcheuses, blondes comme les blés et presque jumelles. Plus grandes que lui et pas l'air amène du tout.

— Je les engagerais bien comme gardes du corps, si jamais je fais un jour fortune, soupira-t-il en débouchant sur le parking aveuglant de soleil.

Il s'arrêta :

— Mon vieux, vous savez ce qui vous reste à faire ?

Lucien Dormaz approuva :

— Perquisitionner dans toutes les villas de luxe de la presqu'île et de Sainte-Maxime, sans oublier Cannes, Grasse, Nice et j'en oublie, n'est-ce pas ?

Boris hocha longuement la tête.

— Eh, oui. Autrement dit, l'impossible. Et pas seulement parce que aucun juge d'instruction ne vous en donnera l'autorisation, mais parce que c'est chercher l'aiguille dans une botte de foin.

Il serra les dents.

— On vient d'avoir un coup de bol pharamineux. La preuve, là sur un plateau, que notre hypothèse était la bonne et...

— Votre hypothèse, coupa Dormaz c'est vous qui avez trouvé. Pas moi...

Boris le remercia d'un sourire.

— Et, reprit-il, on ne peut plus compter que sur un deuxième coup de bol...

Il se rembrunit.

— Or, vous le savez, comme moi, la chance passe rarement deux fois. En tout cas, moi, à votre place, je relancerai votre réseau d'indics, on ne sait jamais. Ça ne passe pas inaperçu quand même, une fille habillée en grande bourgeoise d'autrefois en plein mois de juillet à Saint-Tropez.

Dormaz mit la clé dans la serrure de sa portière :

— A condition qu'elle sorte. C'est vrai elle s'est déplacée, elle-même, pour acheter ces « docksides », mais il devait y avoir une raison particulière. Sûrement pas le genre à se mêler souvent à la foule d'ici.

Boris s'essuya le front.

— Sûrement pas le genre, non...

CHAPITRE VI

Le bouchon de champagne sauta avec un claquement sec, puis il y eut un bruit de feuilles froissées dans le chêne-liège voisin. Castor se pencha vers le verre de Gilles. Au même moment, Jacqueline l'appela, à sa gauche :

— Regarde, petit homme. Ta dulcinée arrive pour le bain.

Gilles se tourna rapidement vers la terrasse de la maison. Au même moment, Castor jeta d'un geste précis la pilule qui se noya aussitôt dans la mousse du champagne. Les cigales s'étaient tues et la chaleur s'était enfin calmée. Ici, dans le creux de la vallée, il n'y avait plus aucune ombre. Le soleil bas n'éclairait plus que la cime des pins à l'ouest. L'heure où les femmes qui se cachent du soleil peuvent enfin sortir sans craindre d'altérer la blancheur de leur peau soigneusement préservée. Aïda s'avança sur le dallage entourant la piscine dont Jacqueline avait déjà fait illuminer le fond. Elle n'était pas seule, Béatrix l'accompagnait, mais c'était comme si Gilles ne voyait qu'elle. L'après-midi, Aïda l'avait aimé avec une frénésie qu'il n'avait jamais encore connue et elle l'avait tellement épuisé qu'il s'était endormi dans ses bras. Maintenant, il avait parfaitement récupéré.

Sur les ordres de Jacqueline, Castor et Pollux étaient allées le matin même en ville lui acheter une tenue de yachtman qu'elles lui avaient retaillé à ses mensurations, plus une chemise et une cravate et de jolis souliers de toile blanche.

Jamais, il ne s'était senti aussi bien. Flottant dans un rêve interminable et délicieux. A force de lui être administrée régulièrement, la drogue avait fini par annihiler totalement tout le passé en lui. Comme s'il s'était agi d'un autre que lui-même. Un autre qui serait lui... Enfin, il ne savait plus. Il ne voulait plus savoir... Il vivait dans une douce ivresse perpétuelle, faite de séances d'amour et de longues heures passées à écouter Aïda jouer du Debussy pendant que Béatrix était partie jouer au tennis avec Jacqueline. Au retour, elles les surprenaient dans les bras l'un de l'autre et riaient aux éclats.

— Pauvre petits hétéros! raillait Jacqueline en attirant Béatrix à elle.

Puis elle commençait à la déshabiller et après, elle faisait signe à Gilles de venir voir comme on donne du plaisir à une fille juste avec deux doigts autour du bouton. Après, tandis que Béatrix se tordait encore sur le canapé, Jacqueline exigeait que Gilles en fasse autant avec Aïda...

Puis, ils sablaient de nouveau le champagne. Tout n'était que luxe, calme et volupté. Beaucoup plus que le bonheur : le paradis sur terre, perpétuel. Et lui, seul homme, homme de dix-sept ans mais homme, dans un monde de femmes. Parce que, pouvait-on considérer comme un homme cette larve géante accroupie dans son coin et qui dodelinait perpétuellement de la tête, les yeux dans le vague?

Pas un instant, Gilles n'avait songé à demander pourquoi Allan était traité de cette façon. Ni qui il était. Il ne savait même pas ses liens avec Jacqueline ou Aïda, ou Béatrix, la petite Hollandaise de son âge qui était la chose de Jacqueline. C'était comme ça et voilà tout. De temps en temps, Castor et Pollux venaient chercher le géant. Puis, on entendait des hurlements étouffés dans le sous-sol. Après, Allan avait le dos et les fesses un peu plus zébrés en remontant et il se remettait dans un coin en cessant peu à peu de sangloter comme un enfant.

Aïda s'approcha de Gilles, enfoncé dans un transat avec son verre de champagne à la main.

— Mais, c'est le vrai petit prince ! s'exclama-t-elle.

Elle se pencha pour rectifier le nœud de sa cravate club.

— On te fera faire un smoking. J'adore que les hommes dînent en smoking.

Elle se releva et alla se pencher au bord de la piscine pour tremper les doigts dans l'eau.

— Brr, fit-elle, c'est froid.

Elle se retourna, câline.

— Tu vas aimer, hein, petit salaud, que j'aie froid en me baignant !

Gilles se sentit rougir.

— Dépêche-toi, s'il te plaît.

Aïda alla se poster devant lui à cinq mètres et elle fit signe à Béatrix de la rejoindre. Jacqueline s'était assise à côté de Gilles, vêtue en homme. Et tout en noir.

— Allez-y les filles, ordonna-t-elle. Et soyez bien excitantes.

Et le rite de tous les soirs recommença. Le principe était que les deux filles se déshabillent l'une et l'autre, pièce de vêtement après pièce de vêtement. Et chaque fois, c'était très long, vu qu'elles étaient couvertes de jupons sous leurs robes et, bien sûr, corsetées à l'ancienne, très baleiné.

Elles s'y prenaient avec une lenteur calculée qui mettait Gilles dans des états abominables. Jacqueline riait de temps en temps en le voyant s'exorbiter de plus en plus. Surtout au moment où Aïda et Béatrix en étaient arrivées au stade corset, bas, jarretières et bottines. Les corsets étaient de très hauts et très étroits carcans leur faisant d'incroyables tailles de guêpes avec, sous les seins, des balconnets faits exprès pour les soulever et les présenter. Nus.

Côté croupe, les corsets ne descendaient pas plus bas que la taille et l'effet, quand elles se retournaient pour onduler des reins, était ahurissant de provocation. Sur le devant, les corsets descendaient très bas, creusant le ventre jusqu'au pubis, qu'ils entouraient avec le départ des jarretelles. Chez Aïda, surtout, l'effet était scandaleux, épilée comme elle l'était.

— Aïda, jeta Jacqueline, à toi !

Aïda entrepris de dégager, un à un, les crochets du corset de Béatrix, après avoir dénoué le lacet étranglant la taille. Quand Béatrix sortit de son carcan baleiné, toute la chair de ses flancs était encore marquée de larges traits de chair rose à l'endroit des baleines. Aïda s'agenouilla pour lui ôter ses chaussures, puis ses bas. Elle se releva et avec un clin d'œil coquin à Gilles :

— A moi, maintenant.

Jacqueline agita son long fume-cigarette d'écaille.

— Non, ce soir, c'est Gilles qui déshabille Aïda. Vas-y Gilles.

En se levant, Gilles tremblait un peu sur ses

jambes comme toujours après avoir bu une coupe de champagne. Il s'avança. Il se remettait à rêver. Il était dans une époque bénie, réellement. Luxe, calme et volupté...

Marie-Edith changeait en silence les cendriers, apportait d'autres zakouskis.

Au pied de Jacqueline, superbe en châtelaine noire, les deux bouviers des Flandres dormaient comme deux énormes bêtes mythiques. Là-bas, accroupi sous un citronnier, l'esclave géant jouait du doigt avec un criquet en poussant de petits cris suraigus. Pourquoi était-il puni ? Quelle faute avait-il commise ? Ah, Gilles ne voulait pas savoir. Dans les contes de fées, il y a toujours un monstre prisonnier, apprivoisé pour conjurer le sort. Et mieux mettre en valeur la beauté : celles des deux filles, au bord de la piscine, celle d'Aïda surtout qu'il allait, lui-même, extraire du carcan de son corset et offrir à la douce lumière du soir qui met si bien en valeur la blancheur des peaux féminines préservées du soleil.

Aïda cessa brusquement de sourire quand les mains de Gilles entrèrent en contact avec elle. Elle avait pris un air extraordinairement grave, comme si ce qui allait suivre était bien plus qu'un déshabillage, une cérémonie sacrée. Gilles, lui-même, vibrait d'un feu sacré. Il était Adam, Adam déshabillant Eve et ici c'était le Paradis, la maison, le jardin et la piscine paradisiaques où les femmes sont faites pour être aimées tout le temps, pendant que les domestiques s'affairent en silence.

Jamais encore, il n'avait déshabillé Aïda. Elle le faisait toujours elle-même, face au lit où il haletait pendant le long et délicieux strip-tease. Alors, il était comme un collégien malhabile du début du siècle qui n'arrive pas à défaire les agrafes du corset de sa première maîtresse, de son initiatrice. Tellement la proximité de cette merveilleuse chair odorante lui enlevait ses moyens. Enfin, il réussit à venir à bout de toutes les attaches. Il fit le tour d'Aïda tout en continuant à maintenir le corset à deux mains, puis il s'écarta d'elle, tirant le corset avec lui et l'abandonnant. Ça y était, elle était nue ! Offerte avec ses seins lourds et tendus, sa taille étroite encore marquée par les traces du corset et la merveilleuse rondeur du pubis épilé, le début de la fente, les cuisses pleines et riches. Déshabillée. Le corset se balançait le long des jambes, suspendu par les jarretelles et frôlant les bottines. Gilles s'agenouilla comme un chevalier devant sa princesse et il se mit à délacer les bottines avec une adoration frénétique.

L'eau de la pisicine faisait de longues vagues scintillantes, éclairées par la lampe du fond. Aïda et Béatrix nageaient côte à côte, flanc contre flanc. Puis, elles s'éloignaient l'une de l'autre et elles revenaient s'embrasser, se caresser, avec des rires de gorge qui vrillaient le ventre de Gilles. Autour de la piscine, la pénombre descendait peu à peu et on commençait à apercevoir de loin les éclairages du front de mer de Sainte-Maxime. Des yachts se dépêchaient de rentrer au port. La brise du soir chantait dans les aiguilles des pins parasols. Aïda et Béatrix n'en finissaient plus de se caresser et de s'embrasser, fabuleuses naïades des origines du monde.

Au bout de très longtemps, Jacqueline battit des mains.

— Dehors, les filles.

Cette fois, pour Gilles, Aïda fut Vénus sortant de l'eau avec ses cheveux trempés, dégoulinant jusqu'au creux des reins et sur sa poitrine...

Béatrix courut jusqu'aux serviettes éponge, mais Jacqueline l'arrêta d'une voix dure :

— Non, on ne sèche pas.

Elle se tourna.

— Marie-Edith...

C'est alors seulement que Gilles s'aperçut que la servante noire offrait sur un plateau d'argent un objet ahurissant. C'était tout long et épais, avec un renflement noueux au bout, et à la base il y avait une série de lanières à trous et boucles.

Jacqueline se mit à rire devant la stupeur de Gilles.

— Tu ne sais pas ce que c'est ?

Il était devenu tout rouge.

— Allons, reprit Jacqueline, tu as bien vu à quoi ça ressemble...

Evidemment, la ressemblance lui avait tout de suite sauté aux yeux : l'objet était fait à l'imitation exacte d'un sexe d'homme.

— Tu ne sais donc vraiment rien, fit Jacqueline en continuant à rire. Ça s'appelle un godemiché et tu vas tout de suite voir à quoi ça sert.

Gilles écarquilla ses yeux : Aïda était venue prendre l'objet sur le plateau, seins balancés par la marche. Elle plaqua contre son pubis la base de l'objet. Il y avait là une surface en creux, ressemblant un peu à une minuscule selle de vélo, mais à l'envers. Puis, Marie-Edith attrapa les courroies et, avec des gestes d'habituée, elle entreprit de les boucler autour des reins d'Aïda et entre ses fesses. Quand ce fut terminé, Aïda était devenu une femme qui a un sexe d'homme. Un sexe en érection, tout blanc.

Elle vint onduler sous les yeux de Gilles, puis

elle secoua son bassin d'arrière en avant plusieurs fois.

— Je te plais ? murmura-t-elle.

Gilles était incapable de répondre ; déjà Aïda était repartie vers Béatrix. Celle-ci s'était couchée d'elle-même contre le dossier d'un fauteuil de toile, les mains appuyées aux accoudoirs et les fesses offertes de l'autre côté du dossier. Aïda était déjà contre elle et très vite, elle eut introduit le leurre de plastique entre les fesses de Béatrix. Puis elle se mit à aller et venir, la tenant aux hanches à deux mains. Elle faisait ça comme un homme. Exactement. Mais comme un homme qui aurait des seins lourds qui se balancent à chaque mouvement. Les coups de boutoir arrachaient à Béatrix de sourdes plaintes qui lui faisaient secouer la tête dans tous les sens, les yeux révulsés.

Soudain, elle se mit à hurler, incapable de se retenir plus longtemps.

— Ah, non ! cria Jacqueline. Qu'est-ce qui t'arrives ? Tu sais bien que j'aime que le spectacle dure.

Complètement affalée en avant, la tête dans les bras, Béatrix se mit à balbutier des excuses.

— Tant pis pour toi, reprit Jacqueline. Tu connais la punition.

Béatrix éclata en sanglots, mais déjà Marie-Edith s'avançait. Elle prit la tête de Béatrix et lui plaqua les mains sur la bouche. Des hurlements étouffés explosèrent quand Aïda se réintroduisit en elle. Mais plus dans le ventre, cette fois. Aïda prit tout son temps pour pénétrer Béatrix complètement, puis, quand elle y fut parvenue elle recommença à aller et venir et chaque fois, la petite Hollandaise recommençait à hurler. Enfin, l'anneau de ses reins s'habitua à la douleur. Marie-Edith l'abandonna et tout le temps qu'Aïda continua à la massacrer, elle n'émit plus que des plaintes lentes et sourdes, entremêlées de phrases d'excuses pour sa faute de tout à l'heure. Jusqu'à ce que Jacqueline claque des doigts.

— Terminé. Allez vous refaire une beauté, les filles. Vous dînerez nues.

⁂

Longtemps après minuit, Jacqueline abandonna Béatrix en travers du lit où la gosse lui avait donné du plaisir avec une douceur et une docilité absolues. Elle passa sa robe de chambre et prit ses cigarettes sur la table de nuit. Puis elle sortit sur son balcon. Depuis une quinzaine de mètres à sa gauche, les râles de Gilles dans les bras d'Aïda lui parvenaient à travers leur fenêtre ouverte. Des oiseaux de nuit passaient sous le ciel que la voie lactée barrait du nord au sud. Au loin, des pinceaux de phare tournaient. Dans leur chambre de service, Castor et Pollux devaient s'enlacer, énormes catcheuses dans leur lit devenu ring. Allan dormait sur le palier, de l'autre côté de la porte. Comme Marie-Edith, un peu plus loin dans sa chambre face à celle d'Aïda.

Jacqueline s'appuya au balcon en soupirant. C'était l'heure de la nuit où son esprit reprenait toujours la lente sarabande de ses problèmes et de ses haines. Une nouvelle fois, elle revivait ces heures atroces. Une nuit, il y avait cinq ans, aux Etats-Unis, le coup de téléphone très ennuyé d'un patron de clandé. Il s'excusait d'appeler. Il ne pouvait pas faire autrement. Il était arrivé quelque chose à Allan, son mari. Et c'était très grave. Il fallait venir tout de suite. Et régler avec lui le problème. Pour que rien ne transpire.

Et puis, le spectacle atroce, une fois ouverte la porte de la chambre de ce lieu abominable. Allan inerte dans le lit. Et surtout, surtout, la gosse !...

Jacqueline se rejeta en arrière en massacrant sa cigarette entre ses doigts.

Non, rien n'avait transpiré. Elle avait fait ce qu'il fallait avec le patron du clandé spécial. Surmontant son dégoût pour le patron, pour Allan et subitement pour tous les hommes en général. Et c'est alors qu'elle avait décidé de se venger. De prendre Allan pour bouc émissaire de sa haine. De le transformer en esclave, lui, l'ancien play-boy dont elle avait été folle.

Et en esclave châtré.

Elle avait elle-même procédé à l'opération, assistée d'un médecin marron payé à prix d'or et qui lui avait appris. C'était facile, tellement facile...

Après, elle avait commencé sa vie errante de propriété en propriété à travers le monde, vivant des rentes d'Allan, auquel il suffisait de temps en temps de faire signer un papier pour que les dollars affluent. De passage, ici, à Saint-Tropez, il y avait deux ans, elle avait visité les Parcs. Un terrain était à vendre, elle y avait fait construire pour l'été. Et c'était la première année qu'elle venait : les travaux avaient été longs, vu l'importance de ses plans. Mais elle avait été tout de suite satisfaite de son choix. L'endroit était idéal. Retiré. Pratiquement le bout du monde, malgré la proximité de Saint-Tropez. Elle ne voyait personne, ne sortant que rarement au volant de sa Ferrari. Interdiction aussi était faite à Aïda et à Béatrix, la fille louée pour l'été dans une agence de Floride, de franchir le portail. Si

Aïda l'avait fait l'autre jour, c'est que Jacqueline n'avait confiance en personne d'autre qu'elle pour le choix des « docksides » à bon marché qu'elle avait décidé d'acheter à Allan pour qu'il cesse de se blesser les pieds quand on l'emmenait en promenade dans le maquis.

Et puis, voilà que le problème avait surgi. Et, encore à cause d'Allan! Pourquoi avait-il fallu que ce gosse tombe amoureux d'Aïda, et la suive jusqu'ici pour découvrir son secret !...

Jacqueline ralluma nerveusement une cigarette. Elle avait tourné et retourné le problème dans sa tête, elle ne trouvait qu'une seule solution.

La radicale.

D'accord, le gosse était encore innocent par rapport à toutes les abominations dont les hommes sont capables avec les femmes. Mais il deviendrait un homme à son tour et il aurait à son tour envie de « piment ». Et peut-être du genre de celui qui l'avait clouée d'horreur sur le seuil de la chambre du clandé spécial où Allan venait d'être foudroyé par une attaque en pleine « action ».

C'est alors que Jacqueline s'était décidée. Elle lui appliquerait la même punition qu'à Allan. La castration. Mais, avant, elle lui ferait ce « cadeau » de lui offrir une semaine de découvertes de l'amour. De tout l'amour. En quelque sorte une « éducation sentimentale » accélérée... Avec Aïda, celle pour qui il avait eu le coup de foudre. La drogue était facile pour endormir sa conscience. La médecine a fait tant de progrès et sous toutes ses formes...

Quatre jours déjà... Dans très bientôt, Jacqueline opérerait Gilles. Plus drogué du tout cette fois. Pour qu'il soit bien conscient.

Puis, on le tuerait. Impossible de le laisser repartir...

Jacqueline revint vers sa chambre. Ça y était, elle était décidée. Il ne restait plus qu'un problème : que personne n'ait vu le gosse arriver jusqu'ici. Mais même dans ce cas, elle ne risquait pas grand-chose. Un corps lesté au fond de la mer. Aucune trace ici. Et le collier d'Allan pouvait s'enlever. On le rhabillerait. Que dirait-il, réduit à l'état de larve comme il l'était ?

Non, elle ne risquait rien.

CHAPITRE VII

Sous les pieds de Boris, le sable était très chaud. Comme il aurait aimé pouvoir être là avec Ghislaine, à cette table ombragée de palmiers de la plage Polynésie sans autre souci en tête que celui de se demander s'il retournerait se baigner dans cinq minutes, ou dans un quart d'heure !

Tout autour d'eux, ce n'était que vacanciers transformés en lézards bienheureux. A certaines tables, il y avait des rires de fête. Ghislaine et lui mangeaient en silence. Tout ça à cause de l'appel au secours d'un ami l'autre jour... La veille au soir, Ghislaine avait bien emmené Boris chez *Régine* après le dîner, mais ils étaient rentrés tôt : Boris avait perpétuellement la tête ailleurs. Le virus du métier. Sans doute, il ne faisait officiellement aucune enquête, il était un flic en vacances, juste un flic à qui un copain a demandé un petit coup de main. Mais il n'était pas homme à faire les choses à moitié. Et Ghislaine n'avait pas eu tort de lui faire une vraie scène de ménage hier soir dans leur voiture en rentrant à l'Escalet. Il ne pensait plus qu'à ce gosse happé dans un supermarché par une apparition surgie, bien réelle, et correspondant point par point à ses rêves. Et sur qui toute la police de Saint-Tropez et du Midi était incapable de mettre la main. Et puis, les gendarmes et les policiers de la Côte d'Azur avaient tellement de choses à s'occuper. Gilles était loin d'être leur seul problème, même s'ils faisaient tout pour tenter de le retrouver. La situation paraissait sans issue. Alors, il fallait bien attendre le miracle.

Ghislaine prit la main de Boris par-dessus la table :

— Excuse-moi pour hier soir, fit-elle tendrement. Ça a été plus fort que moi. J'étais si heureuse de t'avoir pour moi toute seule quelques jours.

Il pressa sa main à son tour.

— Et moi donc... Mais, je vais te dire une bonne chose. J'ai réfléchi. Sincèrement, je crois que je ne peux plus rien faire pour l'instant pour le collègue. Juste attendre qu'ils aient trouvé du nouveau.

Il se rembrunit dans son sourire.

— Je crois bien que ça va nous laisser en paix pas mal de temps, hélas, pour le gosse.

Il resservit du rosé à Ghislaine. Un délicieux rosé qui se buvait comme de l'eau. Le pied de Ghislaine cherchait celui de Boris dans le sable.

— Tiens, pour te changer les idées, je vais te raconter un truc assez étonnant ! s'exclama-t-elle. Ça s'est passé tout à l'heure, avant que tu ne reviennes du commissariat. Je venais juste de m'installer sur mon matelas quand les deux couples à côté de nous, tu vois, ceux qui ont une planche à voile, se sont montrés des tirages de photos que l'un des hommes venait de rapporter du développement. A un moment, une des femmes a poussé une exclamation et elles se sont mis à se repasser deux ou trois clichés avec des airs très étonnés.

« Tu me connais, ça m'a intriguée et j'ai fini par leur demander ce qui les surprenait tellement. Elles ont bien voulu me montrer. Là, je dois dire que j'ai été sciée à mon tour. C'était des photos prises il y a quelques jours au Géant Casino de la Foux. On aurait dit le tournage d'un film mais le type qui a pris les photos à la sortie de ses courses, m'a assuré qu'il ne s'agissait pas d'un film. Imagine-toi, une femme habillée pratiquement comme en 1900, avec voilette et gants. Et une servante noire vêtue de blanc. Et une Rolls Royce noire de collection. Comme ça à Saint-Tropez, en plein été, et au milieu des vacanciers à moitié à poil. Il y a des drôles de dingues, non ?...

Ghislaine stoppa net.

— Tu en fais une tête ? Qu'est-ce qui t'arrive ? Et où tu vas ?

Boris s'était levé, comme projeté par un ressort.

— Je reviens tout de suite, je t'expliquerai.

Trente secondes plus tard, il était assis sous le parasol de leurs voisins de plage. En trois phrases, il leur avait exposé le pourquoi de son intrusion. En qualité de policier. Et maintenant, il tenait les photos entre ses mains. Les photos de la fille en robe rétro en train d'entrer dans une Rolls Royce somptueuse, portière tenue ouverte par une servante noire en robe blanche. Et derrière, il y avait un gosse, debout, à côté d'un triporteur blanc. Le regard fixé sur la scène, fasciné.

Gilles Tournel.

L'attention de Boris se reporta sur la voiture. Cherchant la plaque d'immatriculation. Il réprima un juron. La Rolls Royce était si large que sur l'unique cliché où on puisse voir l'avant, seul le début de la plaque d'immatriculation apparaissait, sans qu'on puisse distinguer les chiffres.

Boris releva la tête vers l'homme qui avait pris les photos.

— Ce sont les seules que vous ayez fait tirer de cette scène ?

La réponse était oui. Boris insista :

— Parfois, on ne demande l'agrandissement que d'une partie du cliché...

Hélas non, l'homme avait fait tirer ses photos normalement. Boris se pencha vers lui.

— Ecoutez, il y va peut-être de la vie d'un gosse. Celui que vous voyez là, derrière la voiture. Je vous raconterai. Soyez gentil, confiez-moi vos pellicules. Il faut que je les fasse tirer, agrandir le plus possible. On ne sait jamais, je peux trouver un indice dessus.

Les couples le regardaient, fascinés. Il y avait longtemps qu'ils avaient repéré à côté d'eux ce couple superbe formé par l'athlète brun sosie d'Alain Delon et sa fabuleuse panthère blonde de compagne. Et voilà que tout à coup, ils se trouvaient plongés en plein polar...

— Mais bien sûr, fit l'homme en tendant les mains vers sa mallette photos.

Il l'ouvrit et en tendit un rouleau 24 × 36. Boris happa le rouleau.

— Merci, je vous le rapporte le plus vite possible.

Il se leva.

— Et je vous promets de vrais agrandissements de tout le rouleau.

Là-bas, Ghislaine l'attendait à leur table en pianotant nerveusement sur le rebord de son assiette.

— Tu te trouves drôle ? Qu'est-ce que tu manigançais là-bas ?

Boris posa le rouleau de pellicule sur la table. Puis il étala devant Ghislaine les trois clichés.

— Regarde bien le gosse au fond. C'est le petit Tournel. Et la fille vêtue en 1900 qui rentre dans sa Rolls. C'est celle qui l'a enlevé.

Il sourit.

— Pardon, Ghislaine, mais à cause de toi, il faut que je file retrouver Dormaz. Il y a urgence.

Ghislaine expira une interminable bouffée de tabac blond.

— Qu'est-ce que tu veux que je fasse ? Que je pleure ?

Elle sourit.

— Allez, va. Il n'y a que le gosse qui compte.

***

Le soleil donnait en plein sur la fenêtre du petit bureau du commissariat où Lucien Dormaz reçut Boris avec ses photos et son rouleau.

— Et, en plus, soupira-t-il quand Boris leur eut bien expliqué, vous avez une chance d'enfer. Nous ici, on abat un travail de dingues et puis vous, hop, comme par magie, vous faites encore un bond en avant dans l'enquête en vous prélassant sur une plage. Il n'y a pas de justice.

Boris eut un petit sourire modeste.

— Dites plutôt merci à Ghislaine. Bon, où peut-on faire des agrandissements ici ? De vrais agrandissements ?

Dormaz se rejeta dans le dossier de sa chaise.

— En tout cas pas au commissariat d'ici. Ils n'ont pas le matériel. Il faut aller à Toulon.

— M..., jura Boris, on va perdre un temps fou.

Dormaz leva les mains.

— Ne vous affolez pas. J'ai un copain photographe ici, rue Louis Blanc. Je lui ai déjà demandé des services. Il est très bien équipé.

Il attira à lui le combiné du téléphone.

Le copain photographe de Dormaz était un vrai copain. Et vraiment très bien équipé côté labo. Il se mit au travail, toutes affaires cessantes et une demi-heure plus tard, trois clichés de cinquante sur soixante s'étalaient, encore humides, sur sa planche de travail.

Boris se mit à les étudier. La domestique était de dos. Donc impossible de l'identifier. En revanche, sur deux clichés, le visage de l'inconnue rétro apparaissait assez clairement malgré la voilette rabaissée. Quant à Gilles, derrière la Rolls Royce, il avait le regard exact auquel Boris s'attendait : extatique. Pas de doute, il avait ensuite suivi la voiture.

Et il était tombé dans un piège.

Boris se tourna vers le photographe.

— Est-il possible d'agrandir le visage de cette femme à sa vraie taille ?

Le photographe approuva de la tête.

— Bien sûr, la pellicule a un grain très fin. Ce ne sera pas d'une netteté absolue, mais le type qui a pris ces photos est digne d'être un pro. La distance a été réglée au poil près.

Il repartit dans sa chambre noire avec une lampe rouge au-dessus de la porte. En attendant son retour, Boris se remit à étudier le cliché, détail après détail. En vain. Rien de nouveau, rien d'intéressant. Il allait abandonner quand il se bloqua sur une zone de la deuxième photo négligée par lui jusqu'ici, parce qu'elle ne formait que le décor de fond. La vitrine de l'agence du Crédit Lyonnais, une trentaine de mètres derrière la voiture. Boris attrapa la grande loupe rectangulaire posée sur la table et se pencha.

— Venez voir, Lucien, fit-il tout de suite d'une voix légèrement altérée. Je crois bien que cette fois, on a fait tilt.

Il tendit la loupe.

— Là, à gauche de la vitrine. Elle est dans l'ombre, mais le parking, au soleil, lui s'y reflète. Regardez bien. On voit l'arrière de la Rolls Royce. En entier... C'est-à-dire avec au milieu la plaque d'immatriculation.

Dormaz se pencha :

— Exact, mais si vous pouvez lire les chiffres, chapeau !

Boris ne l'écoutait plus. Il était parti cogner à la porte de la chambre noire.

— Laissez tomber le visage pour l'instant, fit-il au photographe avec précipitation. Il y a beaucoup plus urgent à agrandir. Au maximum et à l'envers. Il s'agit de chiffres reflétés.

⁂

Quand le photographe ressortit avec ses papiers glacés ruisselants à la main, Boris en était presque à sa dixième Gallia. Aussi nerveux qu'un père dans le couloir d'une clinique d'accouchement. Il se rua en avant, les yeux écarquillés.

— Qu'est-ce que c'est que ça ? murmura Dormaz qui se penchait aussi, l'épaule contre son épaule. Ce n'est pas une plaque d'immatriculation. Il n'y a pas un seul chiffre.

Boris entoura de l'index le rectangle large presque comme une main. C'était flou étant donné l'importance de l'agrandissement, mais suffisamment lisible quand même.

— Si, c'est une plaque d'immatriculation américaine. Ce qu'on appelle une plaque personnelle. C'est très snob et ça coûte cher, mais c'est légal. Comme de ne mettre aucun chiffre, mais sept lettres maximum. Regardez bien, en haut à gauche : CAL. Ça veut dire Californie. Puis au milieu les lettres choisies par le propriétaire de la Rolls. Le tirage est en noir et blanc, mais sur la plaque, les lettres sont en blanc sur fond bleu. Et il y a sept lettres, le compte maximum autorisé.

Dormaz se gratta la tête, épelant les lettres les unes après les autres :

— N.O.M.A.N.S.L. Qu'est-ce que ça veut dire ?

Boris ralluma une Gallia.

— NOMANSL... NOMANSL... Ce n'est pas un nom, ça. Bon, on va se remuer les méninges. Le plus important, pour l'instant, c'est qu'on a la plaque. Et donc l'identification de la Rolls Royce.

Il se tourna vers le photographe.

— Excusez-moi, mais j'ai encore un service à vous demander. On vous remboursera, tout, n'ayez crainte. Je peux téléphoner à Paris ?

***

Au 36 quai des Orfèvres, dans le bureau des Affaires Recommandées, au deuxième étage, Aimé Brichot se mangeait la moustache de rage. Devant lui, la pire des corvées qu'un flic puisse redouter. Une liste interminable de suspects à contrôler un à un. Dans une très sale affaire en plus, une histoire de violeurs de fillettes. Quand son téléphone grésilla, il décrocha avec une envie d'envoyer promener la terre entière.

— Ah, Boris... qu'est-ce qui t'arrive ? Tu t'ennuies déjà au soleil, mon salaud ? Ou tu téléphones pour narguer les copains ?

Très vite, sa mauvaise humeur retomba. Et il ne dit plus un mot pendant une bonne minute.

— Pauvre vieux, conclut-il. Les vacances sont fichues, si je comprends bien... Bon, tu as besoin de moi, hein ? Tu veux que je débarque ?

Il disait ça d'un air gourmand. Mais son visage s'assombrit vite.

— Ah, pas pour l'instant... Tu as juste besoin d'un tuyau. OK, je t'écoute. Qu'est-ce que je ne ferais pas pour toi.

Deux minutes plus tard, Aimé Brichot avait au téléphone Interpol, à Saint-Cloud. Avec pour mission d'obtenir, au plus vite, l'identification, du ou de la propriétaire d'une Rolls Royce immatriculée NOMANSL, Californie, et actuellement quelque part du côté de Saint-Tropez.

CHAPITRE VIII

Gilles s'appuya à la rampe de l'escalier et se mit à chercher sa respiration.

— Je ne sais pas ce que j'ai, murmura-t-il d'une voix changée. Je ne me sens pas bien tout à coup.

Aïda se rapprocha de lui et le prit par la taille.

— Ce n'est rien, ne t'inquiète pas.

Elle lui souriait.

— C'est de ma faute, je te fatigue trop. Tu es encore jeune.

Il se redressa, serrant les dents.

— Mais non, fit-il, vexé. Ça y est, ça passe déjà.

Elle le fixait, essayant de voiler son inquiétude Un premier signe d'intolérance à la drogue, elle ne le savait que trop. Le phénomène s'était déjà produit, à Palm Springs, avec une petite Asiatique enlevée deux semaines par Jacqueline, comme ça, pour le plaisir, et abandonnée ensuite en pleine nature, incapable de se rappeler ce qui lui était arrivé. Jacqueline avait raison. Il était temps d'en finir. Le petit jeu avait assez duré. Si par moments, Aïda retrouvait avec Gilles des abandons de plaisir normal, c'était sans jamais beaucoup de suite. Et, sans doute, ce n'était dû qu'à la finesse des traits de Gilles, ses sourcils si droits, si bien dessinés et ses cils de fille. Et si elle avait eu, au début, un peu pitié de lui, à l'idée de ce qu'il allait subir, ça passait. Elle se sentait devenir de plus en plus dure et insensible à tout sentiment, comme Jacqueline. Ce porteur de barbe qui pique, ce corps osseux et sans forme, non, ça devenait vraiment du vrai service commandé avec Gilles.

Plus que deux jours. Enfin heureusement qu'il avait ces jolis cils de fille battant comme des ailes de papillon quand il la pénétrait.

En cinq jours, Aïda avait rempli son « contrat » : Faire du petit puceau de pâtissier un amant au fait de toutes complications de l'amour. Gilles avait un peu renâclé à certaines, mais il avait suffi qu'Aïda lui fasse les gros yeux en le traitant de lavette pour qu'il se plie à toutes ses exigences. Celle qu'elle préférait, surtout : lui faire donner du plaisir avec sa langue à lui sur son bouton à elle. Et rien que ça. Pendant qu'elle se tordait elle-même les seins frénétiquement.

Arrivée à l'étage, elle fut prise d'une inspiration subite. Il y avait quand même encore ici des choses que Gilles n'avait pas vues. Son « éducation sentimentale » n'était pas absolument parfaite.

Elle retint un sourire carnassier. Ça venait de lui arriver. L'envie brutale, comme Jacqueline, de contempler le visage de Gilles après sa castration. Son visage éperdu de petit eunuque de dix-sept ans qui ne pourrait plus jamais connaître ce qu'il avait connu. Jacqueline avait raison. Comme ce serait bon de le voir sangloter dans ses liens, appeler sa mère au secours, hurler de désespoir. Redevenu complètement conscient puisque toute drogue lui aurait été supprimée.

Tout en faisant signe à Gilles de la suivre vers le fond du couloir, elle réfléchissait : y avait-il au monde deux Barbe-Bleue femelles comme Jacqueline et elle ? Y en avait-il eu ? Bien sûr que oui. Les femmes de la tour de Nesles. Ou cette comtesse Batory qui se baignait dans le sang de filles enlevées par ses sbires. Ah, oui ! Elles étaient de cette race-là toutes les deux ! La race des rapaces femelles. Gilles ne serait que le second d'une longue liste.

Aïda s'arrêta devant le mur du fond.

— Tu me promets de ne rien répéter à personne, hein ? fit-elle avec un merveilleux sourire de bonne fée.

Gilles promit. Frénétiquement. Son malaise était tout à fait passé. Peut-être se sentait-il encore un peu faible sur ses jambes, mais ça allait, sauf qu'il était vert, avec de larges cernes noirs sous les yeux. Mais il n'y avait pas de glace dans le couloir. Aïda pressa un endroit précis que rien ne signalait dans le mur. Et le mur s'ouvrit sans aucun bruit. Aïda attrapa Gilles par la main.

— Viens, fit-elle d'une voix gourmande, ça va beaucoup t'intéresser.

Il la suivit, les yeux avidement écarquillés.

***

Maintenant, Aïda allait et venait dans la très grande pièce sans aucune fenêtre et qui se terminait au bout par une estrade, dans le genre théâtre privé. En entrant, elle avait pressé quelques interrupteurs et des spots disposés partout avaient illuminé les lieux. Aïda tenait toujours Gilles par la main.

— Tu vois, disait-elle, la porte est capitonnée et les murs sont doublés de plusieurs couches de liège. On n'entend rien de ce qui se passe ici.

Elle promena la langue sur les lèvres avec gourmandise.

— C'est nécessaire, parfois... Tiens, regarde.

Elle lui désignait le mur à sa gauche.

— Ouvre toi-même. Il y a un placard. Oui, les poignées sont là.

Gilles ouvrit et se bloqua aussitôt : à l'intérieur une terrible panoplie de fouets et de cravaches de tous les modèles et de toutes les tailles, du fouet à chien à la badine de cavalier en passant par les tresses, les boules de métal et les baguettes de roseau.

Il se retourna ahuri :

— C'est pour punir Allan ?

Aïda rit :

— Ah, non, Allan n'a pas le droit de venir ici.

— Pas le droit ?

Elle hocha la tête.

— Qu'est-ce que tu es encore gourde. Mais ça peut être un plaisir d'être fouetté. Tu ne savais pas ?

Il se reculait et elle sentit qu'elle avait peut-être un peu exagéré.

— Mais mon chou, ne me dis pas que ça ne te plairait pas de me donner de la badine sur les fesses ! Tu es un homme, tous les hommes aiment ça.

Elle avala sa salive.

— Et les femmes aussi. Parfois. Pourquoi crois-tu qu'on a des fesses aussi rondes ?

Gilles était devenu tout rouge.

— Te fouetter, toi ?...

Elle l'attira et le serra contre son décolleté. Il enfouit son visage dans le sillon entre les seins. Ça sentait merveilleusement bon le parfum, son parfum.

— Si je te le demande, insista-t-elle, tu le ferais ?

Il hésitait encore.

— Bon, conclut-elle gaiement, ce soir, je te le demanderai. Peut-être... Réfléchis bien. Peut-être...

Déjà, elle l'entraînait, lui montrant les anneaux rivés au plafond, les barres de force qui servent à écarteler, les lourds carcans de bois, le chevalet de punition.

— Mais qui on punit ici ? balbutiait Gilles. Il n'y a personne à punir.

Aïda battit des cils.

— Ah tu crois ça ? Béatrix a bien été punie hier, quand Jacqueline me l'a fait empaler. Elle avait commis une faute. Pas bien grave. Pour les vrais fautes, c'est ici que les punitions se passent. Regarde.

Elle désignait de l'index une poutre de bois longue de trois mètres posée sur le carrelage. Deux barres d'acier rondes et épaisses étaient fixées en T à chaque extrémité. Et à chaque bout de chaque barre, il y avait des bracelets de cuir à boucle.

— Ça, c'est pour les désobéissances. On y est attachée en croix et puis on attend que Jacqueline veuille bien nous délivrer. Le plus dur, c'est à plat ventre. Tu vois, le bois n'est pas raboté du tout.

Gilles se passa la main sur le front.

— Je ne comprends pas, tu as l'air de trouver tout ça très bien.

Aïda éclata de rire :

— Mais bien sûr, mon chou. Quand on désobéit, c'est normal qu'on soit punie non ?

Gilles n'arrivait pas à détacher ses yeux de la poutre à écarteler.

— Mais, punie de quoi par exemple ? C'est quoi, désobéir ?

Ça tournait dans sa tête, ça n'arrêtait pas de tourner. Et en même temps, il se sentait envahi d'un étrange sentiment. Oui, Aïda avait peut-être raison... Peut-être qu'il aurait envie, un jour, de la frapper. Frapper, frapper... Ah, il ne savait plus...

Aïda parut réfléchir intensément.

— Eh bien, par exemple, l'autre jour, Béatrix ne voulait pas dîner à quatre pattes, son assiette posée par terre. Alors, Jacqueline l'a fait attacher sur la poutre vingt-quatre heures. Crois-moi, pour son premier repas après, elle s'est mise à quatre pattes d'elle-même.

Gilles s'appuya au mur derrière lui.

— Et toi, fit-il sans oser regarder Aïda. Tu as déjà été punie sur la poutre ?

Aïda baissa « modestement » les yeux :

— Bien sûr... Et pas plus tard que la semaine dernière, par exemple.

Les yeux de Gilles dévoraient la poutre, les barres et les bracelets à maintenir en croix. Vingt-quatre heures en croix. Il avait beau lutter, l'image s'imposait à lui, impérieuse. L'image d'Aïda, sa reine, sa princesse, crucifiée, là, heure après heure... Et son ventre commençait à se tordre : il luttait, mais en vain. Dans son cerveau déboussolé par la drogue et cette vie hors de toutes les normes ici, l'envie montait, montait : frapper Aïda. Crucifier Aïda...

— Et c'était quoi, ta désobéissance ? réussit-il à demander.

Aïda repiqua distraitement une épingle dans ses cheveux.

— Jacqueline voulait me voir prise par un des

bouviers. Tu comprends, j'ai toujours eu horreur des chiens.

— Par un des bouviers ? cria Gilles, exorbité.

Elle lui sourit :

— Oui, tu sais, finalement, c'est un peu comme par un homme.

Elle ne lui laissa pas le temps de réagir :

— Ah, j'oubliais la petite scène de théâtre. Ça c'est pour quand Jacqueline veut nous voir danser. Ou pour tout autre spectacle qu'elle veut. Quand on est prises par les chiens, par exemple.

Mais déjà, elle passait à autre chose. Ouvrant le placard faisant face à celui des fouets, à côté du profond canapé de fourrure en angle où Jacqueline venait s'asseoir les soirs de spectacle. Toute une série de leurres de plastique étaient rangés par ordre de taille et d'épaisseur. Puis il y avait le placard suivant, des corsets spéciaux, en cuir ou même en métal, des guêpières à étrangler la taille jusqu'à pouvoir en faire le tour à deux mains. Puis le placard des chaussures et des bottines, toutes surélevées avec des talons immenses, avec à côté des cuissardes à lacets.

— Jacqueline aime bien aussi nous faire essayer tout ça, reprit Aïda. Elle s'installe dans le canapé et nous, on évolue devant elle sur l'estrade.

Elle se rapprocha de Gilles.

— Tiens, on va s'amuser. Dis-moi quel corset et quelle guêpière tu veux que je mette. Et quelles chaussures. Allons, ne fais pas cette tête-là ! Je vais t'aider.

Elle se planta devant le placard à corsets.

— Tiens, cette guêpière de cuir. Bon, les chaussures, maintenant... Voilà. A présent, tu te retournes. Je t'appellerai quand je serai sur l'estrade.

Gilles arrondissait les yeux comme des soucoupes. Et son ventre en érection absolue lui faisait mal. Sur l'estrade, Aïda évoluait, bras relevés, hanches secouées, reins balancés d'avant en arrière. Au-dessous de ses lourds seins blancs secoués, sa taille était incroyablement réduite, à se casser. Deux lanières du même cuir noir descendaient, tirant sur les cuissardes remontant très haut.

— Je te plais, hein, petit salaud ! Tu voudrais me voir tout le temps comme ça !

Gilles n'eut pas à répondre : la porte s'ouvrait dans son dos. Jacqueline, en cavalière. Elle émit un petit sifflement.

— Eh bien, on s'amuse sans ma permission ? C'est du joli, Aïda. Qu'est-ce qui te prend ? Tu es sûre que Gilles est assez grand pour ce genre de spectacle ?

Aïda ne bougeait plus, verte.

— Je te demande pardon, j'ai voulu lui faire plaisir.

Jacqueline observa Gilles.

— Ça on dirait que ça lui fait plaisir. Il bande comme un cerf, le petit homme. Très bien. Faisons-lui plaisir jusqu'au bout.

Trois minutes plus tard, Aïda était renversée sur le chevalet, poignets attachés très bas, croupe offerte et jambes attachées à l'équerre. Jacqueline avait fait asseoir Gilles bien en face de la croupe écartelée et elle frappait. A la cravache.

Au début, Gilles avait fermé les yeux. Puis, très vite, il s'était laissé aller. Ah, Aïda avait eu raison ! C'était fabuleux de la voir fouettée. Il aurait voulu être à la place de Jacqueline. La frapper, frapper !...

Quand Jacqueline s'arrêta, la croupe était zébrée et Aïda sanglotait par hoquets. Jacqueline lui caressa le front.

— Gilles va te prendre, maintenant, et pas dans le ventre, n'est-ce pas Gilles ?

Gilles se rua en avant avec un grognement de bête. Aïda avait encore raison : un homme en rut, même à dix-sept ans, ça peut ressembler à un chien.

***

Jacqueline était repartie et sur le canapé, Aïda, débarrassée de son harnachement, se blottissait dans les bras de Gilles. Celui-ci n'arrêtait pas de lui demander pardon pour tout à l'heure et elle haussait les épaules.

— Arrête, tu es bête. J'ai été heureuse.

Elle chercha ses lèvres avec les siennes.

— Je voudrais que tu me refasses l'amour, dans le ventre cette fois.

Gilles se fit penaud.

— Mais, c'est que...

Elle sourit :

— Je vois, tu es un peu fatigué. Je vais te réveiller.

Il cherchait à savoir comment. Alors, elle tourna la tête vers le placard à fouets.

— Je ne te ferai pas vraiment mal, je te le promets, je ne t'attacherai même pas. Je sais où il faut frapper pour réveiller un petit étalon fatigué.

Gilles se recula.

— Mais, je ne veux pas être fouetté !

Elle le rattrapa.

— Laisse-toi faire, tu as confiance en moi, non ?

Une minute plus tard, Gilles agenouillé contre le canapé, visage noyé dans un coussin, sauta comme un cabri au premier cinglement de la badine sur ses reins. Puis, il mordit son coussin et il attendit. La badine se rabattit encore, et puis encore. Et, peu à peu, ce qu'avait promis Aïda se réalisait : entre ses cuisses, son sexe remontait, son désir revenait, plus impérieux que jamais. Ils roulèrent ensemble sur le canapé

***

Jacqueline reposa son verre de whisky sur la table basse : Aïda venait d'entrer en mules et en peignoir.

— Alors ?

Aïda se servit un whisky et s'assit en gémissant en face de Jacqueline.

— Qu'est-ce que tu y es allée fort...

Les lèvres de sa maîtresse s'ouvrirent sur un sourire carnassier.

— Qu'est-ce que tu veux, tes fesses sont tellement rondes. Bon, ça a marché ? Il a accepté d'être fouetté ?

Aïda fit signe que oui.

— Même qu'il en a redemandé. C'est la découverte de sa vie.

Jacqueline agita son verre, faisant s'entrechoquer les glaçons.

— Parfait... Je suppose qu'il dort, maintenant ?

— Tu parles, il est mort.

— Réveille-le juste avant le dîner et double les doses, surtout celle de l'aphrodisiaque. On le castre dans vingt-quatre heures.

Elle fronça les sourcils, absorbée dans ses réflexions.

— Tu l'as déjà fait se branler devant toi ?

Aïda fit signe que non.

— Je n'ai pas osé.

— Ce soir, il faut qu'il le fasse.

Un éclair de feu lui illumina les prunelles.

— Demain, je veux qu'il le refasse. Devant nous toutes ici, au salon. Nu et à genoux. Débrouille-toi pour obtenir ça de lui. On le castrera juste après. Puis au réveil, fini les pilules. Il mourra en croix sur la poutre. Au fouet.

Elle griffa rageusement le cuir de son canapé.

— Et puis, d'autres lui succéderont. Partout où j'ai des maisons ! Il a de jolis cils de fille, mais c'est un homme comme les autres. Il bandait quand je te fouettais ! Il est comme tous les autres ! Il nous prend pour des bêtes à plaisir ! Des objets pour son plaisir ! Je le fouetterai à mort. A mort !...

Elle se laissa aller en arrière, tête renversée sur le dossier de son canapé et son verre de whisky lui échappa, éclatant sur le carrelage. Aïda se précipita et, aussitôt, elle se mit à couvrir le visage et le cou de sa maîtresse de baisers. Et toutes les deux déliraient ensemble en s'enlaçant, ouvrant le corsage l'une de l'autre pour se caresser, se déshabiller réciproquement pour finir bouche à bouche et chacune la main dans le ventre de l'autre.

Dans un angle du salon, le géant jouait avec une auto miniature, à quatre pattes par terre en imitant avec ses lèvres les vrombissements du moteur. Et sa plaque d'esclave se balançait sur sa poitrine velue de gorille monstrueux.

CHAPITRE IX

Dans les minutes qui suivirent et, à environ dix kilomètres à vol d'oiseau de la demeure des deux démentes, le téléphone sonna dans une jolie villa avec vue imprenable sur la mer, à l'Escalet. Boris était sous la douche et c'est Ghislaine qui décrocha. Elle reconnut tout de suite la voix d'Aimé Brichot.

— Ah, Mémé... Alors, vous aussi, vous êtes du complot pour m'enlever Boris ?

La voix de l'équipier de Boris était très excitée à l'autre bout du fil.

— Il n'y en a plus pour longtemps, je vous le promets.

Ghislaine soupira.

— Je suppose que vous voulez que je vous le passe ? Attendez trente secondes. Il est dans la salle de bains.

Boris se rua, sans même prendre le temps d'attraper une serviette, mouillant tout le carrelage du couloir au salon.

— Alors ? fit-il avidement en plaquant le combiné à son oreille.

Il n'eut pas le temps d'écouter la réponse : Ghislaine, nue elle aussi, était venue se coller contre son dos et elle l'enlaçait en lui mangeant la nuque avec des ronronnements de chatte. Il mit sa main sur le combiné.

— Je t'en prie. Vraiment pas le moment...

Ghislaine s'écarta avec une moue déçue.

— C'est rarement le moment avec toi, ces jours-ci, vivement que tu le retrouves, ton gamin. Ou je te préviens, je te trompe. Ils sont quelques-uns à Polynésie à s'être aperçus que j'étais très souvent seule...

Boris hocha la tête.

— Ghislaine...

Elle s'en alla, dansante.

— Il y a un grand blond, en particulier, je ne te dis que ça...

Boris lui tourna le dos.

— Excuse-moi, Mémé, reprit-il. Tu as du nouveau ?

Aimé Brichot sursauta à l'autre bout du fil.

— Tu parles. Ta bonne femme est localisée.

Boris serra les mâchoires.

— Tu as l'adresse, vraiment ?

— Oui. C'est dans les Parcs de Saint-Tropez. Une somptueuse propriété appelée « No man's land ». Ça ne s'invente pas, hein ?

Boris se cogna le front avec le poing.

— Mais bien sûr, bon Dieu ! Le mot étrange sur la plaque d'immatriculation de la Rolls. Sept lettres maximum. Ils n'ont pas pu mettre le a, le n et le d de land.

Aimé Brichot approuva.

— Bon, je te fais le topo. A Interpol, ils ont été géniaux. J'ai le dossier complet. Maintenant, tu m'écoutes.

Par les fichiers sur ordinateur d'Interpol, ça n'avait pris qu'une demi-heure pour retrouver la trace de la Rolls Royce. Toutes les Rolls sont fichées et il n'y a pas trente-six mille Rolls en

Californie. La voiture appartenait à un certain Allan Murchison, cinquante-huit ans, héritier d'une immense chaîne de motels aux Etats-Unis et riche comme Crésus. Frappé d'une attaque cinq ans plus tôt, dans des conditions jamais bien élucidées, et très diminué, il avait passé la direction de ses affaires à son épouse, une aristocrate française du jet set nommée Jacqueline de Goudarques, et lesbienne notoire depuis longtemps. Elle vivait avec une jeune femme, une Française, Chantal Chausset, dite Aïda.

Boris le coupa.

— Ça y est, je pige tout. « No man's land »... l'endroit sans hommes, au sens masculin du mot. Ça me revient, une définition de mots croisés de Robert Scipion un jour qui m'a drôlement fait phosphorer. No man's land pour : Lesbos.

Il chercha une Gallia sur la table basse.

— Là où je ne pige plus, c'est qu'elles n'aient pas envoyé balader le gamin... C'est un gosse, mais il fait partie des hommes.

Aimé Brichot reprit son topo.

— Attends une seconde. Chaque chose en son temps. Je continue. Jacqueline de Goudarques, épouse Murchison, mène une vie de milliardaire à travers tout ce qui se fait de mieux comme lieux à la mode dans le monde entier. D'Acapulco à Gstaad en passant par Saint-Bart, aux Antilles, Buenos Aires ou la Normandie, elle possède des propriétés qui portent toutes le même nom : No man's land. Très mondaine jusqu'à l'attaque de son mari, elle s'est brusquement repliée sur elle-même et ne voit pratiquement plus personne.

Boris fronça les sourcils.

— Depuis l'attaque de son mari ? Ça l'a donc

tellement frappée ? Tu m'as bien dit qu'elle est lesbienne depuis longtemps, donc avant l'attaque ?

— Exact, mais le fait est là. Depuis, elle se cloître. Elle a rompu avec tout son monde. Ah... j'oubliais un détail curieux : les rares fois où on les voit, elle et son Aïda, elles sont toujours vêtues à l'ancienne. Pratiquement en 1900.

Boris réfléchissait à toute vitesse.

— Récapitulons. Il y a six jours, un gosse de dix-sept ans, amoureux fou de la Belle Epoque, tombe en arrêt devant celle qui ne peut être qu'Aïda au Géant Casino de la Foux. Il la suit avec son triporteur. Puis il disparaît. Et on retrouve son triporteur dans un fossé loin des Parcs de Saint-Tropez, du côté de la Garde-Freinet. Qu'est-ce que ça veut dire ? Qu'il a dû entrer dans la propriété. La propriété des lesbiennes... Logiquement, elles auraient dû le renvoyer, lui dire qu'il se trompait d'adresse. Alors quoi ? Il est reparti désespéré et il s'est suicidé ? Je n'y crois pas. Pas le genre. Romantique, mais équilibré. Tous les témoignages concordent, ceux de ses parents comme ceux de ses professeurs de lycée.

Il ralluma une Gallia au mégot de la précédente.

— Tu veux que je te dise ? A quatre-vingt-dix-neuf contre un, il a dû voir là-bas quelque chose qu'il ne fallait pas qu'il voie. Et elles l'ont coincé.

Dans l'écouteur, la voix d'Aimé Brichot baissa d'un ton :

— Pour le liquider ? C'est à ça que tu penses ?

Boris se passa la main devant les yeux.

— Tais-toi. Mais, c'est vrai, je pense à ça. Tu comprends, ça ne me plaît pas du tout ce que tu me racontes sur les deux femmes. La vie cloîtrée de propriété en propriété à travers le monde. Le brutal changement de caractère de l'épouse après l'attaque du mari. Cette manie de s'habiller d'une autre époque... Et ce luxe, ce luxe... Le luxe qui rend fou parfois. Rappelle-toi l'Auvergnate de la croisière (1)!...

Il s'interrompit un instant.

— Mais je suis peut-être en train de délirer complètement. Pourtant, quelque chose me dit que non. Je ne sais pas quoi.

— Moi, je sais, coupa Aimé Brichot. Ton intuition, ta fameuse intuition.

Il marqua lui aussi un temps d'arrêt à l'autre bout de la ligne.

— J'ai parlé de tout ça à Baba avant de t'appeler, reprit-il. Figure-toi qu'il a exactement la même intuition que la tienne, le patron. Lui aussi pense que c'est très sérieux. Très risqué aussi. Alors, il te propose de l'aide. Tu veux que je descende ?

Boris réfléchit.

— Je ne demande que ça, tu penses. Mais tu es sur ton enquête. Et si tu t'imagines que tu vas venir te dorer au soleil... Non, pas pour l'instant. Je te fais signe s'il le faut. Tout ce que je te demande, c'est de faire brûler des cierges.

Il sourit.

— Et Jeannette, ça va ? Et les gosses ?... Ah, ils préparent déjà leurs bagages. Embrasse-les de ma part et merci.

Aussitôt après avoir raccroché, Boris redécrocha son téléphone pour appeler Lucien Dormaz.

— Mon vieux, fit-il, les choses sérieuses vont

(1) Voir Brigade mondaine n° 61. *Le Bateau des Filles Perdues.*

commencer. Ça y est, on a localisé l'endroit. J'arrive tout de suite.

***

Dans la propriété de Jacqueline, c'était le début du dîner dans la grande salle à manger à vitraux attenante au salon. Marie-Edith faisait le service en silence, affairée entre le monte-plats relié à la cuisine et la longue table ornée d'une nappe damassée couverte de vermeil, d'assiettes de porcelaine translucide et d'aiguières d'argent pour l'eau et le vin. Jacqueline présidait, splendide en robe de faille à haut col moyenâgeux, un collier de perles noires dans le décolleté. Accroupi à côté d'elle par terre, son mari mangeait dans sa gamelle avec ses doigts en reniflant : une demi-heure plus tôt, il avait cassé une de ses autos et avait reçu le fouet. Aïda faisait face à Jacqueline, époustouflante d'élégance dans une robe de gaze vert acide dont le décolleté découvrait presque la pointe de ses seins soulevés par son corset. Les paupières ultra-maquillées de mauve, les lèvres peintes de la même couleur, elle était plus hiératique, plus statue grecque que jamais. Gilles était assis à sa droite, en blazer et cravate, et il mangeait mécaniquement. Conformément aux instructions de Jacqueline, sa « ration » de pilules avait été doublée dans son verre de Dom Pérignon. Béatrix, elle, était nue. Intégralement. Par caprice de dernière minute de la part de Jacqueline au moment de passer à table.

Jacqueline reposa son couteau et sa fourchette sur le bord de son assiette avant de boire un peu du contenu de sa coupe que Marie-Edith venait de lui remplir de nouveau.

— Dis-moi, petit, fit-elle vers Gilles avec un bon sourire, avant de nous rejoindre, je veux dire, avant de rejoindre ici Aïda, tu avais une petite amie ?

Gilles sursauta : depuis qu'il était ici, c'était la première fois qu'était évoquée la période de sa vie précédant son accession au paradis de chez Aïda. Jacqueline guettait sa réaction : qu'allait-il faire ? Revenir à la conscience et « ouvrir » les yeux ? Non, ce n'était pas possible, il était trop drogué. Très vite, elle sut que son petit « sondage » était tombé juste : Gilles ne bronchait pas, le passé n'était plus que quelque chose de très vague, d'annihilé en lui. Elle réprima un sourire de victoire.

— Je t'ai posé une question, reprit-elle. Tu as entendu ?

Les yeux cernés de Gilles se levèrent vers elle.

— Oh, oui...

— Alors ?

Il ferma les yeux.

— Non, je n'avais pas de petite amie.

Jacqueline reprit une coupe de champagne.

— Tu étais bien obligé de te branler, du coup ?

Cette fois, Gilles n'eut même pas la moindre réaction visible.

— Oui...

Jacqueline jeta un rapide coup d'œil à Aïda par-dessus la table.

— Tu te branles devant Aïda ?

Gilles chercha le regard d'Aïda, en vain. Celle-ci jouait avec son couteau, poitrine lentement soulevée par sa respiration.

— Non, elle ne me l'a jamais demandé.

Jacqueline croisa les bras sur la nappe devant elle.

— Et, si elle te le demandait, tu le ferais ?

Là, la réponse fut plus lente à venir, mais elle vint :

— Bien sûr, je fais tout ce que me demande Aïda.

Jacqueline, avec un nouveau petit rire acide en direction d'Aïda :

— Eh bien ma belle, tu sais ce qui te reste à faire, ce soir. C'est très amusant, j'en suis sûre, un amant qui se branle devant soi.

Elle s'arrêta : le téléphone sonnait au salon.

— Marie-Edith, va répondre.

La servante noire revint rapidement.

— C'est pour vous, Madame, un appel de Palm Springs.

Jacqueline posa sa serviette sur la table, sourcils froncés.

— Et qui est à l'appareil ?

— Un certain intendant Peterson, Madame. Il dit que c'est urgent.

Brusquement, les pommettes de Jacqueline avaient rosi. Elle se leva avec brusquerie.

— Referme la porte derrière moi. Je veux être seule.

Tout en attrapant le combiné, Jacqueline sortit nerveusement une cigarette de la timbale en or posée au centre de la table basse, puis le briquet du même métal, fait à l'imitation d'un dauphin crachant le feu, claqua sèchement.

— Allô ? Je vous écoute, Jimmy.

Jimmy Peterson, policier à Palm Springs, Californie, le paradis des milliardaires de la côte ouest, policier véreux à la solde de tous les riches qui savaient lui graisser suffisamment la patte.

— Ce n'est peut-être rien de sérieux, madame Murchison, commença le policier, mais j'ai pensé qu'il fallait que je vous tienne au courant, conformément à nos accords, n'est-ce pas ?

Jacqueline tordait sa cigarette entre ses doigts.

— Vite, au fait, Jimmy. Ne tournez pas autour du pot.

Il y eut encore une légère hésitation à l'autre bout du fil.

— Voilà, c'est très simple. Un de nos hommes du service d'immatriculation du Federal District vient de me signaler qu'une demande d'identification de propriétaire vient d'être effectuée sur une des voitures vous appartenant, la Rolls Royce noire.

Les yeux de Jacqueline se plissèrent :

— Simple histoire de contravention. Ici, à Saint-Tropez, ils n'arrêtent pas d'en mettre.

La voix venant de plusieurs milliers de kilomètres était aussi nette que depuis le canapé d'en face :

— Je n'en suis pas si sûr, madame Murchison. La demande d'identification vient d'Interpol.

Jacqueline mit longtemps à revenir à la salle à manger. Elle passa une bonne dizaine de minutes à aller et venir à travers son salon. Son cerveau fonctionnait comme un ordinateur, émettant toutes les hypothèses possibles. Pour en revenir toujours à la même, selon la loi de la logique : Interpol n'entre pas en jeu pour une simple affaire de contravention. Interpol n'entre en jeu que pour des affaires graves.

Et pour quelle autre raison grave, Interpol pouvait-il s'intéresser à elle, Jacqueline de Gourdaques, épouse Murchison, sinon la disparition d'un petit pâtissier tropézien de dix-sept ans qui avait eu le malheur de se trouver sur le chemin d'Aïda lors de la seule sortie de celle-ci en ville depuis leur arrivée ici ?

Et en Rolls Royce noire immatriculée à Palm Springs.

Jacqueline se dirigea d'un pas rapide vers la porte de communication à double battant.

— Aïda, suis-moi tout de suite au salon.

CHAPITRE X

Boris examina d'un coup d'œil rapide la pièce où il venait d'être introduit en compagnie de Lucien Dormaz. Jolie, la maison du gardien des Parcs de Saint-Tropez, il la prendrait volontiers pour ses propres vacances.

— Vous êtes bien installé, fit-il. Ça doit être agréable de passer l'année ici.

Gilbert Vandam sourit :

— A qui le dites-vous ! Mais vous savez, je ne suis que le remplaçant pour le mois de juillet.

Il leur indiqua des chaises à tous les deux.

— En quoi puis-je vous aider ?

Boris s'assit.

— D'abord, merci d'avoir bien voulu nous recevoir si tard. Mais voici ce qui nous amène.

Il sortit de la poche arrière de son jean une photo d'identité.

— Connaissez-vous ce garçon ?

Gilbert Vandam se pencha.

— Bien sûr. C'est le fils du pâtissier Tournel de la rue Gambetta. Il vient souvent livrer dans les Parcs avec son triporteur.

Il s'arrêta :

— Tiens, au fait, il y a plusieurs jours que je

ne l'ai pas vu. D'habitude, il vient tous les jours, deux ou trois fois par jour, même.

Boris le fixa :

— Essayez de vous rappeler. La dernière fois que vous l'avez vu, c'était quand ? Réfléchissez bien. C'est très important pour nous.

Gilbert Vandam se concentra.

— Attendez... Ça fait bien cinq ou six jours... Voilà ça y est, je me rappelle. Mardi dernier en milieu de matinée. Il m'a fait un petit signe au passage, comme d'habitude...

Il s'absorba dans ses réflexions.

— Oui, c'est bien ça. Mardi matin. Même qu'il est arrivé juste après la Rolls Royce de Mme Murchison, qu'on voit rarement passer d'ailleurs. C'est pour ça que je me le rappelle. Oui, je suis sûr du jour. Mardi dernier en milieu de la matinée. Juste derrière la Rolls.

Il y eut comme un éclair de feu dans les yeux noirs de Boris.

— Une livraison, c'est rapide, n'est-ce pas ? Un quart d'heure au plus. Vous étiez encore là, un quart d'heure plus tard ?

— Bien sûr, c'est mon travail de contrôler les entrées.

Boris se pencha.

— Vous l'avez vu ressortir, le petit Tournel ?

Le gardien arrondit les yeux :

— Mais non... Ça, je ne l'ai pas vu ressortir. Notez que je pourrais être allé répondre une minute au téléphone à l'intérieur. Mais qu'est-ce qui lui est arrivé au petit Tournel ?

Boris s'immobilisa.

— Monsieur Vandam, vous m'excuserez, mais nous nous sommes renseignés sur vous auprès du directeur des Parcs. Il nous a assuré que vous étiez une personne à qui on peut faire entièrement confiance. Aussi, je vais vous demander le secret le plus absolu sur ce dont nous allons vous parler. Promis ?

Le gardien vibra.

— Monsieur, ça va de soi.

— Merci. Alors voilà : le triporteur de Gilles Tournel est bien ressorti des Parcs, mais pas Gilles Tournel. On a retrouvé le triporteur dans un fossé près de la Garde-Freinet. Comme il faut bien que quelqu'un l'ait apporté là-bas, le simple bon sens conduit à penser que, vu la taille tout de même respectable d'un tel engin, on l'a fait passer sous votre nez à un moment ou à un autre, dissimulé dans un véhicule assez important pour le loger. Or, le coffre d'une voiture est trop petit pour ça. Même celui d'une Rolls. Il faut une camionnette ou au moins, une Range-Rover.

Le gardien l'écoutait, statufié.

— Vous voulez dire que Gilles aurait été enlevé ? Et par quelqu'un des Parcs ?

Boris approuva.

— Hélas, c'est la seule hypothèse possible. A présent, encore une question. Nous savons que vous remplacez souvent le gardien en titre. Et que donc, vous avez fini par bien connaître tout le monde ici. Qui, dans les Parcs, aurait un véhicule susceptible de pouvoir cacher un triporteur ?

Gilles Vandam se mit à siffloter.

— Attendez... Les Delamare avec leur van... M. Zinier, le producteur de cinéma, avec sa Range-Rover... C'est tout... Mais non, j'oubliais, il y a une autre Range-Rover, celle des domestiques de Mme Murchison, deux sacrées bonnes femmes entre parenthèses. Deux énormes blondes baraquées comme des catcheurs.

Dormaz esquissa un léger sourire.

— Monsieur Vandam, fit-il, mon collègue et moi-même allons avoir besoin de vous. Pour commencer, montrez-nous sur votre carte où se trouve la propriété de Mme Murchison.

Le gardien se leva. La carte était au mur. Son index traça un large cercle dans la zone est des Parcs, du côté de la pointe de l'Ay.

— C'est par là. La construction de la maison n'a été terminée que ce printemps et Mme Murchison s'y est installée il y a quinze jours à peine.

Boris se leva pour étudier la carte, attentif aux tracés des limites entre les propriétés.

— Mais c'est immense !

— Oui, c'est un vrai domaine. Le plus grand terrain des Parcs. On n'arrivait pas à le mettre en vente depuis des années avant que Mme Murchison ne se présente.

Boris se retourna.

— Et ça a l'air de quoi ?

— Un petit palais. Et une forteresse aussi. Tout est cerné d'un triple mur de barbelés.

Boris se remit à étudier la carte.

— Même du côté de la mer ?

— Oui, sauf là, à l'endroit de la falaise.

Les yeux noirs de Boris se plantèrent dans les siens.

— Vous nous avez bien promis le secret, n'est-ce pas ? Bon, alors vous allez venir avec nous nous indiquer l'endroit exact de cette falaise. Il y a bien en dessous le chemin des douaniers ? C'est la loi.

⁂

Depuis sa sortie de la clinique des Cèdres, à Hollywood, cinq ans plus tôt, Allan Murchison n'avait jamais porté le moindre vêtement sauf pendant ses transports d'une des maisons à l'autre. Ce soir, c'était la première fois depuis cinq ans qu'il était habillé dans l'une de ces maisons de luxe dont il était tout de même encore le propriétaire légal : pantalon de lin bleu marine avec jolie ceinture tressée à boucle argentée, chemise de polo rose clair et mocassins blancs. La tenue dans laquelle il avait voyagé de Palm Springs jusqu'ici, quinze jours plus tôt.

Et bien sûr, il n'avait plus au cou ni collier ni plaque, et il avait eu le droit de s'asseoir dans un canapé. Avec aux mains une de ses autos miniatures favorites.

Il n'avait eu aucune réaction au changement de traitement. Parfait « légume », comme toujours. A ses gloussements périodiques, on sentait que l'essentiel était qu'on lui ait laissé sa petite voiture.

Alors, que pourraient dire les visiteurs qui allaient sûrement venir demain, ou après-demain au plus tard ? C'était officiel qu'Allan Murchison avait eu une attaque et qu'il était retombé en enfance. Dans quelles conditions exactes, seuls le savaient Jacqueline et le directeur du clandé, qui n'avait aucun intérêt à le révéler. Que faire d'autre que de plaindre Mme Murchison, aussi fortunée soit-elle, d'avoir une épave inconsciente pour mari ? Au fond, elle ne pourrait même qu'attirer le respect : dans son cas, tellement d'épouses se seraient débarrassées de la larve pour l'installer dans une pension spécialisée.

Jacqueline continuait à réfléchir, tout en suivant la lente cadence rythmée, au loin, du phare annonçant l'entrée du port de Sainte-Maxime. Le fait qu'elle était lesbienne à présent ? Et alors ? C'est interdit ? Bon, Béatrix était mineure, mais tout était en règle, côté papiers, et la gosse était très bien dressée. Non, pas de risque du tout de ce côté-là non plus. Elle n'était qu'une milliardaire affublée d'un mari diminué, vivant avec des femmes et c'était bien son droit d'avoir l'excentricité de préférer la mode d'autrefois à celle d'aujourd'hui.

Bien sûr, il y avait la pièce spéciale, la pièce à instruments bizarres et estrade. Pas de problème. Aucune ouverture extérieure, aucune porte. Tout juste un mur coulissant. Un vrai mur manœuvré par des vérins. La disposition des pièces de la demeure était si compliquée, et la demeure si grande, qu'il faudrait être bien malin pour découvrir cette pièce.

Où Gilles avait été enfermé aussitôt après l'entretien au cours duquel Jacqueline avait organisé avec Aïda tout leur programme à venir. C'est-à-dire, le même, à part l'emprisonnement subit de Gilles : sa castration à l'heure dite, puis son exécution au fouet. Tous se passerait dans la pièce interdite. Et même de l'autre côté du mur coulissant personne n'entendrait rien.

Evidemment, il resterait le problème de son corps. Mais quelle police au monde a le droit d'investir une maison où tout est normal ? Il suffirait d'attendre. Et la mer est faite pour les corps lestés.

Quant à ce qu'elles répondraient à la police en cas de visite, là aussi, Jacqueline et Aïda avaient tout prévu, dans les moindres détails. Et ça passerait comme une lettre à la poste.

De la même façon était passé comme une lettre à la poste l'ordre donné à Gilles de monter dans la pièce spéciale. Enfantin. Après le dîner, Aïda avait demandé à Gilles de tenir sa promesse faite : se caresser devant elle. Comme il se trouvait au salon, avec Jacqueline, Béatrix et Marie-Edith faisant le service des alcools et des jus de fruit, Gilles avait tiqué, stupéfait.

— Devant elles aussi ?

Aïda avait souri.

— Oui, je le veux. Et tout nu.

Le gosse s'était longtemps balancé sur ses jambes, puis il avait commencé à obéir, se déshabillant comme un automate. Quand il avait été nu, Aïda avait désigné le carrelage du doigt.

— A genoux.

C'est là que Gilles avait craqué. Il s'était effondré, se roulant dans tous les sens, hurlant que non, à genoux, il ne pourrait pas ! Pitié, pitié !

Dix minutes plus tard, Castor et Pollux le ligotaient en croix sur la poutre. A plat ventre. Puis, Aïda s'était penchée sur lui, caressant son front trempé de larmes.

— Ne m'en veux pas. Tu le sais. C'est la règle. Quand on désobéit, c'est la poutre pour vingt-quatre heures.

Gilles la suppliait encore en sanglotant quand elle était sortie, mais elle avait refermé le mur et soudain, le silence était revenu dans la maison.

Aïda n'avait pas fait boire ses drogues à Gilles avant de ressortir. Demain après-midi, au plus tard, il serait redevenu conscient. Totalement. Et juste à temps pour la castration.

CHAPITRE XI

Boris se recula légèrement sur le sentier des douaniers, attentif à ne pas déraper vers la mer. En même temps, il fouillait le surplomb rocheux au-dessus de lui avec sa lampe de poche. De l'autre main, il tirait son rouleau de corde de nylon avec au bout son quadruple crochet ressemblant à une ancre. Tout le matériel que Dormaz était allé chercher au commissariat pendant qu'il étudiait avec le gardien les plans détaillés de cette zone des parcs, avec la disposition de la maison.

En plus, Dormaz lui avait rapporté un petit sac de bonbons spéciaux faits exprès pour endormir les chiens. Gilbert Vandam le lui avait appris : Jacqueline Murchison possédait deux énormes bouviers des Pyrénées.

— Là-bas, en haut à gauche, je crois que j'ai trouvé, fit-il à voix basse.

Il se mit à faire tournoyer sa corde avec le crochet au bout. A la quatrième tentative, il réussit à trouver un point d'accrochage. Il vérifia en se hissant un peu, tirant de tous les côtés. Ça allait. Alors, il se retourna avec un petit signe.

— Bye, bye ! A se revoir...

Et il se mit à grimper comme un singe. Là-haut, il effectua un rapide rétablissement, ramenant la corde à lui et la dissimula sous un buisson. En bas, sur le chemin des douaniers, Gilbert Vandam s'approcha de Lucien Dormaz.

— Sacrément gonflé, votre ami. Vous êtes tous comme ça à la police ?

Dormaz soupira :

— Oh, non. Mais lui, c'est un cas.

Il alla s'asseoir à l'écart sur un talus pour réfléchir un instant. Il était contracté : ce que Boris avait décidé de tenter de réussir tout seul, sans le moindre mandat officiel, était tout simplement dément. Il n'avait aucune autorisation. Aucune commission rogatoire l'autorisant à perquisitionner. Et, en plus, il était en dehors des heures légales (1).

*
**

La nuit sentait merveilleusement bon le maquis et les pins surchauffés par la canicule de la journée. Des chouettes passaient avec des chauve-souris zigzagantes. Boris avançait au jugé dans un sentier entre les ronces qui griffaient les jambes de son jean. Il avait sorti les bonbons spéciaux de leur sac et en tenait plusieurs dans chaque main : les chiens pouvaient surgir d'un moment à l'autre et il faudrait faire vite.

Il s'avançait, les yeux et les oreilles aux aguets. Parfaitement calme. Presque heureux même. Ça faisait si longtemps qu'il n'avait pas joué les Sioux, comme ça, pour une enquête. Et une enquête qui n'était même pas la sienne. Pratiquement pour le plaisir...

(1) De six heures du matin à vingt et une heures.

Mais le plaisir de délivrer un gosse prisonnier. Et promis à la mort.

Parce qu'il en avait maintenant la certitude absolue : Gilles était encore certainement en vie, mais les deux folles le tueraient. Aimé Brichot l'avait rappelé en catastrophe tout à l'heure, juste avant qu'il ne parte pour les Parcs. Sur instruction personnelle de Charlie Badolini, Interpol s'était livré à une enquête accélérée sur Jacqueline Murchison et Chantal Chausset : deux ans plus tôt, à Buenos Aires, les deux femmes avaient torturé une de leurs petites servantes argentines qui avait pu s'enfuir par miracle : l'épouse d'Allan Murchison avait réussi à étouffer l'affaire à coups de dollars, mais avec le changement de régime, après la guerre des Malouines, le dossier avait été retrouvé. Et consulté, six heures à peine auparavant par un flic argentin de l'OIPC (1) aux réflexes rapides.

Conclusion : le temps pressait beaucoup plus qu'il ne se l'imaginait. On avait affaire à deux folles. On n'avait pas le temps de s'y prendre suivant les voies légales.

A sa grande surprise, Boris réussit à arriver près de la piscine, luisant doucement dans la lueur de la lune enfin levée, sans rencontrer les chiens. Il stoppa derrière un pin. La maison était en face de lui, à vingt mètres, paraissant complètement endormie. Il examina bien la façade, se repérant d'après le plan fourni par le gardien qui possédait ceux de toutes les maisons. En cas d'incendie, sécurité oblige.

Un léger bruit attira son attention sur sa gauche. Et il vit les chiens. Ils erraient, la truffe

(1) Office International de Police Criminelle. En relation constante avec Interpol.

au vent, du côté d'une haie. Enormes, et ils venaient sur lui, sans avoir apparemment encore respiré sa présence. Mais dans trente secondes, ce serait fait. Boris se plaqua derrière son tronc d'arbre et il se mit à lancer les bonbons, un à un, sur les chiens. Ceux-ci se bloquèrent aussitôt, oreilles dressées. Toc, un bonbon atterrit juste devant celui de gauche qui pencha la tête et se mit à renifler, pour le croquer aussitôt. Toc, un autre bonbon pour l'autre chien, et puis plusieurs autres encore.

Trois minutes plus tard, les deux bouviers des Pyrénées ronflaient, tendrement lovés l'un contre l'autre. Boris passa à côté d'eux avec un bref coup d'œil et il alla se planquer sous la façade. Le plus dur restait à faire. Entrer.

***

Dans « No Man's Land », la maison interdite aux hommes, sauf à une larve géante qui n'était même plus un homme depuis sa castration, et un gosse geignant là-haut sur son appareil à torture, seuls dormaient Castor et Pollux, puis Marie-Edith et Béatrix. Jacqueline et Aïda, elles, n'arrêtaient pas de se tourner et de se retourner dans leur lit. Jacqueline avait voulu qu'Aïda vienne avec elle. D'habitude, elle avait horreur de passer la nuit en compagnie de quelqu'un, même d'Aïda. Mais là, tout était différent. Après leur première réaction, les doutes avait commencé à s'installer en elles. L'évidence leur sautait aux yeux, avec cette lucidité qu'on a la nuit quand on ne dort pas : elles jouaient vraiment avec le feu. Il valait mieux tout arrêter. Mais, comment ? Libérer Gilles ? Impossible, il en savait trop sur elles. Il fallait donc bien le tuer... Mais la police les coincerait... On a beau tout prévoir, il y a toujours l'impondérable, le grain de sable qui bloque la machine la mieux huilée.

Elles haletaient toutes les deux, parallèlement allongées côte à côte, se contemplant mutuellement dans une immense glace suspendue au-dessus du lit.

Et tout ça pour un caprice ! Parce que Jacqueline, par dérision, avait voulu acheter au plus bas prix les chaussures d'Allan !

Jacqueline essuya du revers de la main la sueur qui perlait à son front.

— Je n'en peux plus, fit-elle. Ça ne peut pas durer comme ça. Il faut le liquider tout de suite. Tant pis pour l'opération. Demain, les flics seront là. En visite courtoise, mais l'œil partout... Notre seule chance, c'est d'en terminer avant le jour. On ira, nous-mêmes, nous débarrasser du corps. Même si on le retrouve, il n'y aura aucune preuve contre nous.

Aïda se souleva sur les coudes et se pencha au-dessus de Jacqueline.

— Arrête, tu délires. Qu'est-ce que tu risques ? Riche comme tu es et avec ton pouvoir. La justice est pour les autres. Pas pour toi. Rappelle-toi Buenos-Aires. Tu as payé et puis, plus rien.

Jacqueline haussa les épaules.

— C'était en Argentine, et celle des généraux. Ici, on est en France. On n'achète pas si facilement la police française.

Elle s'assit complètement.

— Ha... Je ne sais plus quoi faire. Plus quoi faire...

Aïda s'assit à son tour.

— Pour commencer, tu vas prendre un somnifère.

Elle tendit la main vers la poire suspendue au mur à côté du lit.

— Je sonne Marie-Edith.

Jacqueline lui attrapa le poignet.

— Non, je ne veux voir personne. Juste toi...

Elle se lova contre la poitrine d'Aïda.

— Aïda, mon Aïda, sauve-moi. Trouve une idée.

Aïda se dégagea doucement.

— Pour l'instant, laisse-moi descendre. Je t'assure, il te faut un somnifère.

***

Boris avait eu de la chance : dès la troisième porte dont il avait tourné le loquet, il avait pu entrer. On faisait vraiment confiance aux chiens ici... Maintenant, il explorait à tâtons dans le noir, essayant de se faire une idée de la disposition des lieux, c'est-à-dire pour l'instant du rez-de-chaussée. Bon, à droite, c'était la cuisine, puis l'office, après, donnant sur la buanderie. Il allait et venait, retenant son souffle, ouvrant et refermant les portes avec des précautions infinies. Puis, il finit par gagner le couloir, vaguement éclairé en face de lui par la lueur de la lune passant à travers un œil-de-bœuf. Il calculait. Sur la façade, il y avait deux étages. Le premier devait être celui du salon et de la salle à manger, puisqu'un monte-charge était disposé dans un angle de la cuisine. Et par conséquent, le second était celui des chambres. Celui où il avait décidé d'aller.

Il s'avança jusqu'au grand escalier à rampe de bois sculpté et entreprit de monter, bénissant l'architecte d'avoir fait des marches en carrelage, qui ne risquaient pas de grincer. Au premier, il explora le salon et la salle à manger puis un petit boudoir feutré. Ça sentait le tabac anglais et le parfum de femme. On y voyait très bien. La lune donnait à flots par la grande baie vitrée.

Boris s'arrêta, étonné : par terre, devant lui, deux autos miniatures. Deux jouets de gosse. Il en prit une. Une roue manquait et la peinture était écaillée, comme si un gamin s'était fait les dents dessus. Il reposa la voiture et se releva.

C'est alors qu'il vit la cravache sur le linteau de marbre Louis XV de la cheminée. Une jolie cravache de cuir tressé. Pas une cravache pour cheval, une cravache comme en ont les masochistes. Tout à côté, un collier de chien attira son attention. Il se rapprocha et se bloqua : une plaque d'acier était reliée par un anneau au collier, et sur la plaque, ce mot était gravé : « Slave ».

Boris se recula, contracté.

— Mon Dieu... Et Gilles est ici...

Il repartit vers le palier de la cage d'escalier et leva le nez. Des odeurs de savon et d'eau de toilette venaient de là-haut : les chambres, son but. Il mettait le pied sur la première marche quand il entendit une porte s'ouvrir au-dessus. Il se recula vivement derrière une armoire, l'oreille tendue. D'en haut, on avait allumé la cage d'escalier et il entendait le frôlement de pieds nus sur le carrelage. Mais personne ne descendait. Alors, il repartit vers l'escalier et franchit quelques marches juste pour essayer de voir, le nez à ras des barreaux de la rampe, vers l'étage supérieur.

Au fond, à gauche, une porte était entrouverte, avec un rai de lumière qui éclairait le bout du couloir. Et c'était curieux : Boris entendit comme des plaintes sourdes, des espèces de halètements. Puis ça s'arrêta tout à coup. Comme si on avait refermé une porte, mais il n'y avait eu aucun bruit de porte.

Après un petit moment de silence qui lui parut extrêmement lourd, presque palpable, Boris gravit les marches pour monter à l'étage au-dessus. Débouchant dans le couloir, il distingua vaguement plusieurs portes. L'une d'elles, à gauche, était entrouverte, assez largement pour qu'il puisse jeter un coup d'œil dans la chambre sans trop s'en rapprocher. D'abord, il ne comprit rien à ce qu'il vit, puis les choses devinrent plus claires. Une femme, au visage caché par une chevelure tombant en cascades sur ses épaules, était assise sur le bord d'un grand lit, légèrement penchée en avant. Sa silhouette était bizarrement dédoublée ; c'était son reflet dans une glace immense sur le mur derrière le lit. C'est cela qui avait troublé Boris au début. Une autre personne était allongée dans les draps. Etait-ce Gilles ? Peut-être était-il souffrant ! Le cœur de Boris battit plus fort. Jusqu'au moment où un rire fusa d'entre les oreillers couverts de dentelles. Un rire sec, sans abandon, sans joie ; un rire de femme cynique et amère. Certainement pas celui d'un adolescent romantique comme Gilles...

Grâce au miroir, Boris put examiner toute la chambre. Personne, sauf ce couple en déroute sur le lit devant la glace. Il reprit donc ses explorations. Mais nulle part il ne trouvait celui qu'il était venu chercher. Pourtant Gilles était ici ! A qui d'autre que lui pouvaient appartenir ce blazer et ce pantalon trouvés sur une chaise de la chambre du fond ? Un blazer et un pantalon taillés à la mode de 1900...

Boris revint sur ses pas, décidé à explorer le

premier étage et le rez-de-chaussée une nouvelle fois. Il était presque en bas de l'escalier quand il sentit des mouvements au-dessus. Il dévala les dernières marches aussi vite qu'il put pour se cacher de nouveau derrière l'armoire : quelqu'un descendait. Sans avoir jamais vu son visage autrement qu'à travers une voilette sur une photo, Boris reconnut aussitôt la jeune femme qui passa devant lui, à ras de l'armoire, en légère robe de chambre nouée à la taille et cheveux défaits. Et enveloppée d'un nuage de parfum poivré et lourd à la fois.

Aïda, la fille à la Rolls Royce. Il attendit qu'elle soit en bas pour descendre à son tour. Là-bas la porte de la cuisine était ouverte et il entendait le bruit d'un placard qu'on ouvre. Il se sourit pour lui tout seul en se plaquant derrière la porte : la chance avait joué contre lui ce soir, mais cela ne l'empêcherait pas de marquer des points. Il ne réussirait peut-être pas ce qu'il était venu faire, mais il irait au culot comme ça, par pure intuition de flic gonflé qui a deviné que restait la seule méthode d'action possible :

Enlever l'une des deux folles.

Tout simplement. Au mépris le plus élémentaire des lois. Un coup à ne louper sous aucun prétexte. Sinon, l'exclusion de la police.

Derrière la porte, il y eut encore le bruit d'un robinet qui coule, des tintements d'une cuiller qu'on met dans un verre et puis le frôlement des pieds nus qui se rapproche de lui. Et la longue silhouette en robe de chambre qui apparaît à portée de ses mains.

Après, tout se passa à la vitesse d'un éclair. Dès qu'Aïda eut dépassé l'endroit où un fauve en jean et tee-shirt aux yeux noirs la guettait, la main droite du fauve se projeta en avant, doigts tendus et serrés.

Clac, un coup sec du tranchant de la main sur la nuque à ras du bulbe et Aïda s'affala comme un sac mou dans les bras de Boris, pendant que le verre se brisait par terre avec le tintement à répétition sur le carrelage de la cuiller qui sautait de tous les côtés.

Déjà, il se ruait vers la porte par laquelle il était entré. Là-haut, une voix de femme appelait, étonnée d'abord, puis inquiète de ne pas avoir de réponse. A peine dehors, Boris projeta d'un coup de reins Aïda par-dessus son épaule et il se mit à courir vers la mer, passant à ras des deux bouviers des Pyrénées qui ronflaient toujours sagement.

Quand il arriva au bord de la falaise, il se retourna. Là-haut, dans le creux de la vallée, la moitié des fenêtres de la maison étaient illuminées et on entendait des appels. Des voix féminines de plus en plus angoissées. Boris eut un sourire carnassier et il reposa Aïda à terre. Elle était toujours évanouie. Puis il se pencha vers le bas.

— Chaud là-dessous, j'ai le paquet.

Il remit son grappin en place, jeta la corde et, prenant Aïda par la taille sous un bras, il se mit à descendre avec précaution.

En bas, le gardien des Parc arrondissait des yeux comme des soucoupes, et Lucien Dormaz lissait nerveusement sa grosse moustache blonde.

— Ça alors, balbutia le gardien. Comme au cinéma...

Il se gratta la tête.

— Vous croyez que c'est vraiment légal, ce

que vous faites ! Quand je pense que vous êtes policier...

Boris lui éclata de rire au nez :

— Vous êtes seul à le savoir, mon vieux. Et puis, rappelez-vous, vous n'avez rien vu, rien entendu, vous ne me connaissez pas.

Aïda commençait à remuer dans ses bras. Il la calma d'un nouveau coup sur la nuque.

— Allez, ouste, à la voiture. Direction l'Escalet.

Il se mordit les lèvres.

— C'est Ghislaine qui va en faire une tête...

CHAPITRE XII

La première chose que vit Aïda en se réveillant, ce fut la chaise et ce qu'il y avait dessus, à côté du lit, dans le faisceau de la petite lampe de chevet allumée à côté d'elle. Instinctivement, elle eut une moue de dégoût : un maillot de bain, un deux-pièces minuscule dans un tissu vert étincelant. Pour elle, l'horreur absolue. Un maillot à bronzer. En plus, sur la commode, trois flacons étaient posés. Une crème hydratante, une crème solaire et un vaporisateur d'huile solaire. L'odeur de l'huile, un mélange de parfums tropicaux, flottait dans l'air et Aïda contracta ses narines. Ça sentait la plage, le sable recuit par le soleil. Tout ce qu'elle fuyait.

Elle essaya de se soulever. Impossible, ses poignets étaient attachés dans le dos et ses chevilles étaient aussi ligotées. Elle geignit : elle venait maintenant de réaliser qu'en plus, du sparadrap avait été collé sur sa bouche, l'empêchant d'émettre autre chose que des grognements sourds. Elle serra les dents et reprit l'étude des lieux : une chambre de villa, bien meublée sans doute, et avec une lithographie signée de Fassiancs au mur. Encore des baigneurs d'aujourd'hui, de ce temps présent qu'elle abhorrait comme Jacqueline... Evidemment, rien à voir avec le décor feutré et rempli de tentures, de coussins et de tapis profonds de ses lieux à elle. Même pas de rideaux à la fenêtre aux volets de bois clos derrière les vitres. Il faisait très chaud. L'isolation, ici, devait être très rudimentaire.

Elle tendit l'oreille, essayant d'entendre des bruits. Mais rien. Alors, elle réalisa ce qui la gênait dans les oreilles : on lui avait mis des boules Quiès.

Aïda se rabattit sur son oreiller et elle se mit à faire le point. Bon, elle était descendue à la cuisine chercher un somnifère pour Jacqueline. Tout paraissait normal. Peu avant, elle avait vérifié Gilles dans la chambre spéciale. Toujours inconscient, il gémissait sur sa poutre. C'est en remontant de la cuisine que la chose s'était passée. Une ombre noire surgissant sur elle comme un fauve, un cri d'horreur qui n'arrive pas à sortir de la gorge, et puis plus rien. Après, l'impression d'avoir la nuque qui explose, avec un feu d'artifice éblouissant dans les rétines.

A présent, sa nuque lui faisait toujours mal, avec des élancements lents vers les tempes. Où était-elle ? Qu'est-ce qui s'était passé ? Elle recommença à serrer les dents. Bien sûr, elle l'avait compris : on l'avait enlevée et avec quoi d'autre qu'un autre enlèvement, celui du petit pâtissier, le sien pouvait-il avoir un rapport ? Et un rapport précis qui commençait à s'imposer à elle comme la seule évidence possible : son ou ses ravisseurs allaient se servir d'elle comme monnaie d'échange pour récupérer le gosse. Autrement dit, ils savaient tout.

Comment ? Et comment Interpol avait-il été branché sur Jacqueline et elle ? Et qui pouvait l'avoir enlevée ? La police ? Allons, inimaginable, la police ne pratique pas l'enlèvement. Alors ? Gilles avait des amis, qui avaient eu vent de l'affaire ? Mais qui ? Elle avait beau chercher dans tous les sens, rien. Il ne lui restait plus qu'à attendre. Et à lutter pour ne pas perdre son sang-froid.

***

A une dizaine de kilomètres au nord de l'Escalet, Jacqueline allait et venait au milieu de son salon. Autour d'elle, Castor et Pollux avec Marie-Edith. Elle n'avait pas réveillé Béatrix. Inutile. Pendant une heure, elles avaient fouillé toute la maison et ses alentours. Sachant déjà que ça ne servirait à rien : le verre brisé dans le couloir, à côté d'une cuiller et de deux cachets commençant à fondre avec un sucre dans une petite flaque d'eau leur avaient suffi pour comprendre ce qui s'était passé, comme la découverte des deux bouviers drogués. Quelqu'un était entré. Il avait guetté Aïda et l'avait assommée, puisqu'elle n'avait lancé aucun appel, avant de l'emporter.

Elle aussi, Jacqueline tournait et retournait toutes les solutions possibles dans sa tête. Elle arrivait exactement aux mêmes conclusions. Un rapt pour se servir d'Aïda comme monnaie d'échange et cette interrogation toujours sans réponse : d'accord, Interpol jouait un rôle dans tout ça, mais il était hors de question que la police soit l'auteur du rapt. Alors, qui ?

Jacqueline s'arrêta brusquement :

— Marie-Edith. Changement de programme. Tu vas recommencer à droguer le gosse. J'ai besoin qu'il reste calme pour l'instant. Mais ne le détache pas, le petit salaud de porteur de queue. Il ne perd rien pour attendre.

Elle s'affala dans un canapé :

— Maintenant, allez vous coucher. Laissez-moi seule. Il y a toujours une solution à un problème.

Elle jeta un bref coup d'œil à son téléphone, reproduction exacte des appareils du début du siècle, et en or.

— De toute façon, d'un moment à l'autre, je vais en savoir plus.

Restée seule, elle se mit à attendre en fumant cigarette sur cigarette. Aïda, son Aïda enlevée. La moitié d'elle-même arrachée !... Ah, Gilles allait payer pour ça aussi, et elle trouverait le moyen de s'en sortir ! Non, mais, ils la prenaient pour qui ?

***

Dans un autre salon, d'un tout autre genre de meubles et de décoration, un salon classique de villa de vacances, avec des canapés recouverts de toile autour d'une cheminée au foyer rempli de pommes de pin, Ghislaine Duval-Cochet allait et venait aussi. Pieds nus et vêtue, elle, d'un peignoir de bain très moderne, très coloré. Par la grande baie vitrée, la brise nocturne entrait et dehors on voyait la terrasse sous la lune avec au-dessous toute la baie de l'Escalet où de rares maisons étaient allumées. A gauche, le phare de Camarat avec son pinceau balayait le paysage, quatre fois de suite, pour s'arrêter cinq ou six secondes et recommencer. A chaque fois la lueur passait sur le mur du fond du salon, éclairant furtivement une pendule entre deux grandes lithographies de bateaux de course. Le parfait salon de vacances, fait pour s'enlacer à deux sur le canapé dans la douce brise de nuit venue du dehors.

Et où la tempête avait débarqué, une heure plus tôt, sous la forme d'une fille aux cheveux dénoués, abandonnée, gorge renversée, bras et jambes ballants, dans les bras d'un fauve aux yeux noirs lançant des éclairs. Boris, son amant.

Ghislaine se planta en face de Boris.

— D'accord, tu as un culot monstre et ça ne m'étonne pas de toi. D'accord, c'est champion ce que tu as fait, mais si tu t'imagines que je vais t'admirer et applaudir à deux mains l'exploit nocturne de mon seigneur et maître, tu te mets le doigt dans l'œil. Tu es devenu dingue ou quoi ?

Boris retint le sourire qui lui venait aux lèvres : Ghislaine était fantastique en furie déchaînée.

— Je ne te demande pas d'applaudir, fit-il. Seulement d'essayer de comprendre.

Elle se cabra avec un rire nerveux.

— Et comprendre quoi ? Que ça tient la route, ton kidnaping dément ? Tu es un policier, non ? On ne se conduit pas en voyou quand on s'appelle l'inspecteur divisionnaire Boris Corentin et qu'en plus on est l'as des as de la Brigade Mondaine !

Elle le fusillait de ses immenses yeux verts exorbités.

— Est-ce que tu réalises vraiment ce que tu as fait ? Tu t'es mis complètement hors de la loi ! Tu es bon pour la révocation pure et simple. Et infamante !

Boris la laissa se déchaîner jusqu'au bout, puis, quand elle s'affala à côté de lui, haletante, il caressa doucement le front qu'elle avait posé sur son épaule.

— Voilà, ça va mieux, tu es calmée.

Ghislaine releva le visage vers lui :

— Tu es fou Boris. Fou... J'ai peur pour toi.

Maintenant, il l'attirait tout contre lui, l'obligeant à enfouir son visage contre sa poitrine.

— Réfléchis bien, dit-il doucement. Et tu t'apercevras que je suis beaucoup moins fou que tu ne crois. Réfléchis à tout. On a affaire à deux femmes qui sont des fauves. On ne peut pas employer de moyens ordinaires avec des fauves. Tu vois la propriété cernée par les policiers, les hélicoptères au-dessus, les sommations ? Sans compter avec tout le bordel de la machine judiciaire, les juges surexcités, les ordres contradictoires ? Tu sais ce qui est sûr, comme deux et deux font quatre ? Si on cernait la maison et qu'on finissait par lancer l'assaut, ce serait la mort assurée pour Gilles avant un suicide général des deux malades mentales. C'est vraiment ça que tu veux ? Un gosse innocent, victime de trop de romantisme, massacré parce que la police et la justice auraient respecté le cours normal de la Loi ?

Ghislaine se ramollissait contre lui.

— D'accord, je comprends. Mais qu'est-ce que tu prends comme risques... Tu joues avec le feu. Je vais te perdre.

Il accentua ses caresses sur son épaule.

— Non, ça va marcher. J'ai tout bien calculé. Je me suis mis à la place de Jacqueline Murchison. Je les ai vues ensemble ça ne trompe pas. Elles ont quelque chose d'infernal. Jacqueline est amoureuse folle de cette Aïda. Elle ne veut la perdre pour rien au monde. Même pas pour Gilles Tournel.

Il contracta les mâchoires.

— Maintenant, il s'agit de jouer fin, très fin. Et je n'ai pas beaucoup de temps.

Ghislaine se redressa :

— Qu'est-ce que tu vas faire ?

— Téléphoner à cette femme. Et lui mettre le marché en main, Gilles contre Aïda.

Ghislaine prit une profonde inspiration :

— Je te l'ai bien dit. Tu es fou.

Boris se tendit :

— Et pourquoi ? Tu vois un autre moyen ?

Ghislaine se recoiffa lentement à deux mains :

— La question n'est pas là. Elle a sûrement été mise sur table d'écoutes. Tu peux faire confiance à Baba.

Boris alluma une Gallia.

— J'ai la promesse de Baba. Il n'aura rien fait de tel.

Ghislaine vibra :

— Ah, tu l'as mis au courant de ta dinguerie !

— Mais, non, évidemment. Tu penses, il m'aurait bien interdit de tenter quoi que ce soit tout seul. Même Mémé ne sait rien.

Ghislaine eut un soupir de soulagement.

— Et si, via SRPJ (1), elle a quand même été mise sur écoutes sans que tu le saches ? Ils vont enregistrer ton appel. Et on te repérera. Ta voix est connue.

Boris haussa les épaules :

— Je cours le risque. De toute façon, on met pas sur écoutes si facilement que ça. On verra bien.

Ghislaine se prit la tête à deux mains.

— Ce qu'il y a de terrible avec les Bretons, murmura-t-elle, c'est que lorsqu'ils ont une idée

(1) Service Régional de Police Judiciaire.

dans la tête, il n'y a rien à faire pour les raisonner. Rien...

*
**

Jacqueline de Goudarques, épouse Murchison, sursauta dans son canapé comme si une vipère s'était glissée contre sa hanche, venant de ce monde extérieur et l'arrachant brutalement aux semi-cauchemars de sa veille entrecoupées de rares instants où elle sombrait.

La sonnerie, acide, de l'appareil rétro. Elle lança en avant sa main sèche comme des pinces d'insecte.

— Allô ? fit-elle en essayant de maîtriser l'altération de sa voix.

A l'autre bout du fil, la voix était exactement du genre qu'elle abhorrait par-dessus tout. Grave et calme. Virile, virile surtout ! Une vraie voix d'homme, de celles qui d'habitude font chavirer les femmes. Mais qui la hérissait, elle, au plus haut point. Le genre de voix qu'avait Allan il y a tellement longtemps, quand, petite jeune fille noble venue de France étudier l'américain aux Etats-Unis, elle était tombée amoureuse de lui, au premier coup d'œil, dans une soirée.

En quelques phrases nettes et précises, l'inconnu lui avait expliqué l'essentiel : Aïda était entre ses mains, et il ne la lui rendrait qu'en échange de Gilles. Sain et sauf. Et intact.

Le mot « intact » provoqua une affreuse démangeaison électrique tout le long du dos de Jacqueline. Qu'est-ce que ça signifiait ? L'homme était-il au courant de la castration d'Allan ? Et de ses projets identiques avec le petit pâtissier ?... Elle s'obligea à prendre plusieurs inspirations lentes.

— Quel rapport avez-vous avec la police ? La question est très importante pour moi.

Elle n'avait même pas cherché à jouer la surprise, à mentir, à faire celle qui ne comprenait pas. Inutile. Pour elle aussi, le temps pressait, et elle n'avait besoin d'aucune preuve pour savoir que son interlocuteur tenait bien Aïda. Le simple fait qu'il appelle suffisait.

Il y eut un temps d'arrêt à l'autre bout du fil et puis :

— Rassurez-vous, aucun. Pourquoi ? La police vous a déjà contactée ?

Jacqueline se mordit les lèvres.

— Non, pas du tout. Seulement, je voudrais savoir comment vous êtes au courant.

Il y eut un petit rire dans le combiné.

— Je suis un ami d'Aïda. Un ami du temps où elle s'appelait encore Chantal Chausset et qu'elle n'était pas contre les hommes.

Jacqueline avait l'impression que tout son sang s'échappait par une artère ouverte.

— Vous mentez ! hurla-t-elle. Aïda n'a jamais aimé les hommes ! Elle me l'a dit. J'ai confiance en elle !

Il y eut un silence.

— Comment puis-je savoir alors que son vrai prénom est Chantal. Chantal Chausset, et qu'avant de vous connaître, elle était secrétaire chez Dassault à Saint-Cloud, et qu'elle habitait un deux-pièces de la rue de Grenelle ? Au 26 pour être plus précis ? Et il y a un peu plus de trois ans. Faux ?

Jacqueline examina le combiné comme si, cette fois, la vipère, c'était lui.

— Vous vous êtes trahi, siffla-t-elle, vous êtes

de la police. Seule la police peut connaître tous ces détails.

Le rire reprit.

— Allons, soyez raisonnable. Vous voyez la police commettre un kidnapping ? Surtout en France. Non ça ne tient pas la route et vous le savez bien.

Jacqueline chercha une nouvelle Benson and Hedges dans son paquet. Il était vide. Elle l'écrabouilla de rage entre ses doigts.

— Très bien. Mais ça ne m'explique toujours pas comment vous êtes au courant.

La réponse, savamment distillée, fut pour elle comme un chaudron d'huile bouillante qu'on lui aurait déversé peu à peu, goutte après goutte, dans le dos. L'homme qui avait été l'amant de Chantal avant qu'elle rencontre Jacqueline et devienne Aïda, avait toujours gardé des relations avec elle. Et pour cause, poursuivait l'homme : Chantal-Aïda n'était tombée amoureuse que de la fortune de Jacqueline. Elle avait toujours aimé le luxe plus que tout. Et pour le luxe, elle était prête à renoncer à tout. Même aux hommes. Seulement, elle avait quand même besoin de leur parler. Surtout à lui. Son ancien amant, à qui elle téléphonait souvent.

Et à qui elle avait tout raconté, deux jours plus tôt. Et tout révélé sur le petit pâtissier.

Alors, lui, l'homme, il était venu. Il s'était introduit dans la maison, d'accord avec Aïda. Elle était descendue exprès à la cuisine au moment convenu, soi-disant pour aller chercher des cachets. Ils avaient parlé. Mais dans son trouble, Aïda avait laissé échapper le verre. Alors, il avait bien fallu fuir, de peur d'être surpris tous les deux. Et maintenant, Aïda était revenue à la raison. Elle était prête à tout faire pour sauver le gosse. Jacqueline ne pouvait plus rien. Tout était terminé. Il fallait rendre Gilles Tournel. Sinon...

— Sinon ? haleta Jacqueline.

La réponse se fit longuement attendre.

— Sinon, je vous la découpe en morceaux, très lentement.

Les pensées se télescopaient à la vitesse de la lumière dans l'esprit de Jacqueline. Ça faisait trop à la fois... Elle n'en pouvait plus... Comment Aïda avait-elle pu lui mentir aussi bien pendant trois années ? Non, elle était lesbienne, une vraie lesbienne. Il y a des comédies qui ne se jouent pas aussi parfaitement... L'homme bluffait. Tout était un piège !... D'accord, mais il savait des détails que seule Jacqueline connaissait... Alors, la police ?... Mais non, si tout ça n'était qu'un montage et que la police ait kidnappé Aïda avant de se livrer à ce petit jeu téléphonique, ça ne tenait pas non plus. La police ne peut pas faire ce genre de chose dans un état comme la France. Impossible...

A la question que l'homme lui posa ensuite, elle eut l'impression qu'il devinait toutes ses pensées :

— Il est joli garçon, le petit Tournel. Vous n'avez jamais trouvé qu'Aïda ne le regardait pas en lesbienne ?

Là, Jacqueline crut recevoir un coup de poing en plein estomac. Aïda ! Aïda qu'elle avait elle-même jeté dans les bras de Gilles. Pour lui faire faire son « éducation sentimentale » avant de le liquider ! Ah... Non. Pas ce double jeu de la part d'Aïda ! Non, Aïda *réellement* amoureuse dans les bras du gosse ? Non ! Non !

Elle réussit à reprendre le dessus après un violent effort de volonté.

— Je veux une preuve, articula-t-elle lentement. Une vraie preuve. Passez-moi Aïda. Je veux l'entendre.

A l'Escalet, Boris fit un signe rapide à Ghislaine. Le lecteur de cassettes était disposé sur la table basse, tout à côté du téléphone. Arrêté au compteur chiffré à quinze secondes de l'endroit exact où commençait l'enregistrement arraché de force tout à l'heure à Aïda. Après l'avoir convaincu de lire le plus naturellement possible la déclaration écrite en lettres majuscules devant elle. Convaincue d'une façon que Boris et Ghislaine chasseraient vite de leur mémoire : le jet de la douche dans le ventre, après thermostat porté au maximum. Horrible... Mais avec les fauves, la fin justifie les moyens. Pourtant, au début, Boris avait failli flancher. Il avait trop honte. Mais c'est Ghislaine qui l'avait secoué :

— D'accord, on se conduit comme des salauds, mais il y a le gosse. Il faut le sauver et vite ! Tu ne peux plus reculer...

Boris leva la main et Ghislaine posa son index sur la touche de commande de lecteur cassettes.

— Mais bien sûr, fit-il « gaiement », je vous la passe. Chantal ? A toi de parler.

Ghislaine pressa la touche et Boris rapprocha brutalement le combiné du haut-parleur. La voix de Chantal-Aïda s'éleva, « calme », tranquille. Il avait fallut quatre enregistrements avant d'arriver au bout et bien sûr, ils avaient coupé juste avant le hurlement final, le SOS désespéré, lancé d'une voix suraiguë.

— Tu peux le croire. Pardon. Il dit la vérité. Tu n'as pas d'autre solution que de rendre le gosse intact. Sinon, il tiendra sa promesse.

Là-bas, dans la demeure de luxe pharamineux

au bout des Parcs de Saint-Tropez, Jacqueline se mit à pleurer doucement, incapable de toute autre réaction. Puis elle ravala ses larmes et se durcit.

— Parfait, j'ai compris. Repasse-le-moi.

— Je vous écoute, fit l'homme. Vous êtes convaincu, maintenant ?

— Taisez-vous, je réfléchis. Rappelez-moi dans un quart d'heure.

⁂

Quand Boris rappela, la voix de Jacqueline Murchison avait retrouvé tout son calme. Mais elle était comme cassée.

— Je suis d'accord pour l'échange. Mais, j'ai bien dit : l'échange. Je vous rends le gosse, mais vous me rendez Aïda. J'ai quelques petits comptes à régler avec elle.

A l'Escalet, Boris jeta un bref coup d'œil à Ghislaine.

— Très bien. A présent, mettons bien au point notre petite affaire.

CHAPITRE XIII

Ghislaine ouvrit la porte de la petite chambre d'amis qui leur servait de vestiaire et où la belle fille-monstre à nez grec reposait sur le lit, toujours entravée, et la bouche de nouveau fermée au sparadrap.

Il y eut un long échange de regards entre les deux femmes. Celle qui était pour l'instant victime et celle qui avait été tortionnaire, contre tous ses principes. Les yeux de la lesbienne à la peau d'ivoire étaient verts comme ceux de Ghislaine. A quelques différences près, elles étaient semblables, très belles, avec la même classe. Mais l'une était normale, c'étaient les bras d'un homme qui la faisaient frémir, l'autre : tout le contraire. Seul le contact de la peau d'une femme, le parfum d'une femme lui faisaient battre le cœur. Comment était-ce possible ? Et comment avait-elle pu en arriver à ce point de folie : vouloir faire souffrir un gosse et le tuer ? Pourquoi ?

Tout à l'heure, après l'épisode de la cassette enregistrée de force, Aïda avait subitement explosé. Comme un serpent crachant du venin. Tout y était passé, les insultes les plus abominables avec des hurlements déments. Jamais Jacqueline ne se laisserait avoir ! Jamais elle-même ne marcherait dans la combine à laquelle ils voulaient la faire participer ! Jamais ils n'auraient le gosse vivant !

Ghislaine fut incapable de soutenir plus longtemps le regard de feu glacé. Elle recula et referma la porte derrière elle.

Au salon, Boris raccrochait le téléphone quand elle entra. Quelques appels à droite et à gauche après la conversation avec Jacqueline Murchison. Elle s'affala en face de lui :

— Remonte-moi la pendule, je t'en prie. J'ai un coup de cafard. Si tu avais vu ses yeux, ses yeux... On va à la catastrophe. Tout va foirer au moment de l'échange. Et tu seras dans de beaux draps.

Boris l'attira vers lui.

— Mais non, je t'assure. Je viens encore de me repasser mon plan. Et il n'y a aucune raison pour qu'il ne marche pas.

Ghislaine haussa les épaules.

— Tu ne sais même pas où le gosse est enfermé. Au cas où il y aurait un os. Toi-même, tu l'as cherché partout...

Il secoua la tête.

— Il n'y aura pas d'os, fais-moi confiance.

Il hésita un peu :

— Et, s'il y en a un, je n'aurais aucune hésitation. Je lui livrerai Aïda. Au moins Gilles sera vengé. L'autre malade mentale doit être en train de préparer à sa petite copine un traitement de faveur. Je ne te dis que ça.

Ghislaine frissonna :

— Boris, je ne t'ai jamais vu dans un tel état. Tu as des yeux de tueur. Qu'est-ce qui t'arrive ?

Il bondit sur ses pieds et se planta devant elle :

— Il m'arrive que je viens d'avoir Mémé au

téléphone et que ça pleut comme la grêle, les renseignements transmis par Interpol. Encore un dossier concernant Jacqueline Murchison sur lequel les collègues américains ont mis la main. Un médecin marron arrêté récemment pour activités clandestines dans le milieu de la Mafia. Figure-toi qu'il a déballé tout son sac. Et en particulier celui concernant une certaine séance médicale il y a cinq ans. Dans une clinique complice : la castration d'un homme. Oui, tout simplement.

Les sourcils de Ghislaine se froncèrent.

— Le rapport avec Gilles ?

Boris eut un rire nerveux.

— Tout à fait direct. L'homme castré clandestinement, c'était Allan Murchison. Et ce n'est pas le médecin marron qui a pratiqué l'opération. Mais l'épouse elle-même : Jacqueline née de Goudarques. Tu piges maintenant pourquoi j'ai des yeux de tueur comme tu dis ? Elles s'apprêtaient à castrer Gilles !

Ghislaine se prit la tête entre les mains.

— Mon Dieu, le cauchemar total.

Elle releva la tête.

— Dis-moi toute la vérité. Charlie Badolini, ton patron, est au courant de tout maintenant ?

— Oui, reconnut Boris. Je ne pouvais garder le secret plus longtemps.

Ghislaine avala sa salive :

— Et il ne te couvrira pas, en cas d'échec, n'est-ce pas ?

— Non.

Elle gémit encore en répétant que c'était trop atroce.

— Il va t'aider, au moins ? reprit-elle.

Boris haussa les épaules :

— Bien sûr. Il a mis en route toute la machine

judiciaire. Mais ils vont arriver comme les carabiniers.

Il sortit sur la terrasse et huma l'air de la nuit. L'air fraîchissait et déjà les étoiles commençaient à pâlir à l'est. Le jour n'allait pas tarder à se lever.

Le dernier jour de chance pour sauver son petit pâtissier tropézien imprudent livré aux griffes d'une lesbienne castratrice d'hommes. De ses propres mains.

⁂

Sur son lit, Aïda se retourna : l'ombre de l'athlète aux yeux noirs sosie d'Alain Delon s'était profilée dans la lumière venue du couloir par la porte ouverte, sur le mur vers lequel elle s'était retournée. Elle l'observa intensément tandis qu'il s'arrêtait au pied du lit. Qui était-il ? D'où venait-il ? C'était vrai, il était splendide. On aurait dit un félin, seulement voilà, c'était un homme, un être de la race haïe.

Elle détourna les yeux et ne bougea plus.

Comme cette fois, on ne lui avait pas remis ses boules Quiès, il lui fallait bien entendre ce que l'homme lui disait. Et c'était un appel à la raison. Il lui demandait de bien réfléchir, dans son propre intérêt. Il lui fallait collaborer, accepter de jouer le jeu avec lui. En échange, il ne lui arriverait rien. Après tout, elle n'était encore véritablement coupable de rien de vraiment monstrueux. Il était juste temps de s'arrêter avant qu'il ne soit trop tard.

Boris s'interrompit un instant.

— Ce n'est pas vous qui avez castré Allan Murchison. C'est elle. A l'époque, vous ne la connaissiez pas.

Aïda se retourna tout doucement, dardant ses yeux sur Boris, avec une immense interrogation dedans. Boris sourit.

— Eh, oui, vous l'avez compris. Je suis flic. J'ai tout le dossier sur vous deux. Mais je vous le répète, on passera l'éponge sur votre cas à condition que vous m'aidiez vraiment. Vous n'avez pas le choix...

Elle l'étudiait toujours aussi attentivement.

— Vous ne pouvez pas être complètement monstrueuse, reprit-il. Le gosse a dix-sept ans. Il est propre. Il a toute la vie devant lui. Vous ne pouvez pas m'empêcher de tout faire pour le sauver du sort affreux d'Allan Murchison. Et il a le droit de vivre. Il n'a rien fait de mal.

Il se rapprocha et se pencha :

— Vous voulez vraiment rejoindre votre amie en prison ? Parce qu'elle va y aller de toute façon, elle. Vous êtes jeune et belle. Vous aussi, vous avez toute la vie devant vous. Vous referez votre vie. Il n'y aura aucune poursuite contre vous. Alors ? Je vais vous enlever votre sparadrap. Répondez-moi que vous avez compris.

Quand Aïda eut les lèvres libres, elle se souleva légèrement sur les coudes. Elle haletait, comme si les mots n'arrivaient pas à sortir de sa bouche. Boris se pencha encore un peu plus. Alors, dans une détente de tous ses muscles, Aïda projeta son buste en avant. Et sa tête. Ses dents attrapèrent au vol la main droite de Boris. Il tomba sur elle avec un grognement de rage et lui prit la gorge de l'autre main, serrant jusqu'à ce qu'elle le lâche.

Quand il eut réussi à se dégager et se fut relevé, il avait de petits trous rouges de chaque côté du gras de la paume. Sur le lit, Aïda était en pleine crise nerveuse.

Ghislaine surgit sur le seuil.

— Aide-moi ! cria Boris.

Ils mirent cinq bonnes minutes à la reficeler solidement. Puis Ghislaine serra à deux mains la tête échevelée où roulaient deux globes oculaires révulsés. Boris se pencha pour recoller le sparadrap à la bouche écumante.

Juste avant de plaquer la bande collante, il reçut un crachat en plein visage.

CHAPITRE XIV

Contre le ventre et la poitrine de Gilles, le bois mal équarri de la poutre lui faisait abominablement mal. Ses bras et ses jambes distendus en croix depuis des heures s'ankylosaient, avec des élancements en aiguilles dans ses tendons.

Tout tournoyait dans sa tête. Surtout depuis que Marie-Edith, un instant plus tôt, était venue lui soulever la tête par les cheveux, le forçant à boire.

Jacqueline était entrée, elle aussi. Vêtue en cavalière noire. Bien carrée sur ses bottes et le fixant avec une dureté qu'il ne lui avait jamais connue. Il leva vers elle ses yeux cernés de gris profond.

— Je vous en prie... Aïda... Aïda... Je ne lui désobéirai plus. Je me caresserai devant elle. Devant vous. Je vous en prie.

Jacqueline avança sa botte droite et lui souleva le menton.

— Aïda ne t'aime plus, petit con. Aïda ne veut plus de toi.

Quand le mur coulissant se fut refermé, Gilles sanglotait sur sa poutre comme un enfant au dernier degré du désespoir. Dans son cerveau matraqué par la drogue, une seule pensée avait dominé toutes les autres : si Aïda ne voulait plus de lui, autant mourir. Alors, il reposa sa joue sur la poutre qui lui griffait la chair et il se mit à hoqueter doucement.

Attendant la mort.

***

Dehors, Jacqueline consulta la montre ancienne qui pendait sur sa poitrine au bout d'une chaînette. Cinq heures du matin. Elle avait encore cinq heures devant elle, largement le temps pour faire ce qu'elle avait froidement décidé de faire, après avoir bien pesé le pour et le contre.

Opérer Gilles.

Le castrer.

Elle ferait ça toute seule dans la pièce spéciale. Inutile même de le retourner. Il suffirait de bien le coller par la taille et la nuque à la poutre avec des liens de cuir solidement attachés aux anneaux répartis un peu partout. Puis, elle lui soulèverait le bassin avec des coussins. Et il n'y aurait plus qu'à s'attaquer au bistouri aux testicules offerts, pendant entre les cuisses. Deux incisions, puis on sectionne les canaux, après les avoir ligotés. On remplace les glandes par deux galets ronds de la bonne taille et on recoud le tout. C'était comme ça qu'elle avait castré Allan. Elle n'avait pas oublié.

Bien sûr, Gilles ne serait pas endormi.

Ce ne serait qu'après, juste au moment de l'échanger, qu'elle l'endormirait d'une piqûre avant de le rhabiller.

Et ce serait d'un petit eunuque sagement endormi que son soi-disant sauveteur hériterait.

En échange d'Aïda qui prendrait au matin la

direction de la pièce spéciale pour une longue et interminable séance de vengeance. Jusqu'à la nuit, jusqu'à la propre mort de Jacqueline, qui se suiciderait sur son corps.

***

Jacqueline redescendit au salon et convoqua ses domestiques.

— Castor et Pollux, je veux du poisson frais pour midi. A six heures et demie, vous partez pour Saint-Tropez, je veux le loup le plus frais des étals.

Elle se tourna vers Marie-Edith.

— Toi, tu ne réveilles surtout pas Béatrix à six heures comme d'habitude. Elle est dispensée de corvée de carrelage pour aujourd'hui. Allan lui aussi aura le droit de dormir tard.

Elle s'arrêta, attendant que les deux géantes soient ressorties.

— Viens près de moi. Il ne me reste que toi. Ma fidèle Marie-Edith... Viens et écoute-moi bien.

***

Au-dessus de l'évier, le jour se levait peu à peu à travers la fenêtre de la cuisine. Marie-Edith rinçait mécaniquement des bols et des cuillers. Devant elle, les contours de la merveilleuse vallée se dessinaient peu à peu. Sur les eaux encore plates et argentées du golfe les moteurs de trois ou quatre barques de pêche toussotaient. Au loin, dans la brume, la masse vague des collines au-dessus de Sainte-Maxime.

La vieille Antillaise poussa un soupir et tendit la main vers son torchon.

Jamais de toute sa vie, elle n'avait eu envie de ne pas exister, de n'être jamais née comme aujourd'hui. Tout à l'heure, sa patronne s'était confiée à elle comme à une amie. Et c'était la première fois depuis cinq ans qu'elle était entrée à son service, peu après la maladie de M. Murchison.

Sa patronne avait fait une chose ahurissante, elle lui avait dit qu'elle n'avait plus besoin de ses services. Maintenant Marie-Edith ne savait plus que faire. Dans la poche de son tablier, un chèque énorme en dollars. De quoi vivre dans l'aisance jusqu'à la fin de ses jours. Mais dans quel but ? Elle aussi avait été abandonnée par les hommes, et maltraitée par son mari au point de fuir. Et puis un jour, elle était entrée au service de la milliardaire française. Et elle avait été heureuse que ce soit un monde de femmes. Un monde où il n'y a pas d'hommes pour vous battre et vous insulter.

Sans doute, il y avait cette façon de traiter M. Murchison. Mais il était, paraît-il, coupable d'une chose abominable avec une fille. Et sa femme vengeait sur lui toutes les autres femmes qui ont eu à subir la gent masculine. Alors, tant pis pour lui. Quant au reste, la vie bizarre et sexuellement déchaînée de sa patronne et d'Aïda, c'était leur affaire. Elles la payaient très bien, de quoi se serait-elle plainte ? C'est tellement agréable de servir des gens qui vivent dans le luxe et vous emmènent à travers le monde entier dans des propriétés plus belles les unes que les autres.

Mon Dieu, pourquoi fallait-il que tout ait déraillé huit jours plus tôt ? Avec ce gosse surgi ici... Ça, elle l'avait tout de suite reconnu, le gamin fasciné par Aïda au Géant Casino. Quelle idée avait-il eu de venir roder autour de la maison ? Ah, les gosses sont inconscients... Et ce qui devait arriver était arrivé : le petit Gilles avait été surpris. Et on l'avait gardé.

C'est alors que le premier doute s'était installé dans l'esprit de Marie-Edith. D'accord, elle avait entendu dire à sa patronne qu'il avait vu quelque chose qu'il ne fallait pas voir et bien sûr, c'était le mari avec son collier d'esclave. Mais de là à le droguer, à lui jouer la comédie de l'amour normal via Aïda, il y avait loin. Surtout avec cette escalade avec le gosse. Et l'ordre, bien sûr, de se caresser devant tout le monde. Et la « punition » là-haut...

Marie-Edith rangea ses bols et ses cuillers, puis elle alla s'asseoir sur une chaise. Non, rien ne collait plus ici. Aïda disparue. Gilles toujours là-haut. Mme Murchison qui n'avait plus l'air d'être elle-même après ce coup de fil en pleine nuit.

Et qui, maintenant, lui annonçait tranquillement qu'elle la congédiait, en lui signant un très gros chèque !

On avait enlevé Aïda, disait-elle. Mais pourquoi ? Et si Aïda s'était enfuie, en fait ? Pour ne pas participer à quelque chose de terrible...

A présent, dans les yeux de la vieille Antillaise qui fixaient le carrelage, sans le voir, un visage dansait lentement. Gilles, le petit Gilles si joli garçon, si gentil, si doux. Si romantique... Et le regard de haine de sa patronne sur lui. Puis c'était le géant nu avec son collier qui succédait au gosse dans les rétines de Marie-Edith, ensuite la silhouette de Gilles prenait peu à peu sa place. Gilles nu avec un collier d'esclave au cou !

La tête de Marie-Edith se balançait de droite à gauche. Peu à peu, l'évidence s'imposait à elle. Il fallait que quelque chose de très grave se soit produit. Et en rapport avec le gosse toujours écartelé, là-haut. Le gosse innocent aux si beaux cils de fille.

Marie-Edith sursauta sur sa chaise : elle n'avait pas entendu entrer sa patronne.

Jacqueline s'approcha :

— Allons, ne prends pas l'air bouleversé comme ça ! Tu en retrouveras, une autre place. Et d'ailleurs, tu n'as plus besoin de travailler désormais, n'est-ce pas ?

La main sèche se posa presque douce pour caresser les joues de la vieille Antillaise.

— Je t'ai préparé un excellent certificat. Tu le trouveras là-haut sur mon bureau.

Marie-Edith leva ses vieux yeux fatigués qui avaient vu beaucoup de choses, des belles et des moins belles sur la nature humaine.

— Madame, bredouilla-t-elle. Pourquoi ?... Qu'est-ce qui se passe ?

La main de Jacqueline se retira vivement.

— Ça ne te regarde pas, fit-elle durement. Tu es encore à mon service pour l'instant. Fais ton travail.

Jacqueline se mit à ouvrir tous les battants du placard à vaisselle.

— J'ai besoin du grand plat à rôti. Je ne le trouve pas. Donne-le-moi.

Quand Jacqueline fut ressortie avec le plat, Marie-Edith alla se servir un verre d'eau. Tout recommençait à s'entrechoquer dans sa tête. M. Murchison brusquement rhabillé. Aïda disparue... Béatrix et M. Murchison qui ne devaient pas se lever ce matin... Gilles toujours là-haut... Et Madame qui venait chercher un plat à la cuisine. Pourquoi ?

Marie-Edith se passa les mains sur la figure.

Ses yeux piquaient, elle se sentait prise d'une lassitude intense. Avec un drôle de goût dans la bouche. Comme une forme de honte, un désir de remords. Oui, c'était ça. Sans qu'elle s'en rende bien compte, au fil des années, elle s'était laissée prendre à l'atmosphère hors du temps de cette vie dans des décors et des vêtements d'un autre âge. Pour la première fois, elle avait l'impression de se réveiller. Et le réveil avait une forme de honte...

Elle se hissa péniblement jusqu'au premier étage. Elle venait de se rappeler : le plateau des alcools et des jus de fruits de cette nuit, sur le carrelage. Ses pantoufles ne faisaient aucun bruit et quand elle s'encadra dans la porte du salon, elle se figea brusquement : sa patronne était assise de dos devant sa table basse et sur celle-ci, toute une série d'objets ahurissants étaient posés à côté du grand plat à rôtir : des pinces, des ciseaux, des bistouris, une boîte de compresses, une boîte de coton stérile et une autre de catgut. Puis un flacon de mercurochrome et un autre avec, marqué sur l'étiquette : chloroforme.

Jacqueline Murchison s'affairait, soulevant un bistouri, en vérifiant le tranchant avec le doigt, le reposant, en prenant un autre. Sa tête s'agitait de haut en bas et elle marmonnait des mots incompréhensibles.

Subitement, le cœur de Marie-Edith s'était mis à battre à exploser. Gilles, là-haut sur sa poutre à supplice... Toute cette tornade de mystère depuis hier... La fin subite de son service à elle... Et, à présent, cette boîte de chirurgien ouverte sur la table basse du salon, à sept heures du matin.

Pour qui ?

Marie-Edith redescendit le plus vite possible à l'office. Elle titubait, plaquant ses deux mains sur sa poitrine. Elle marmonnait pour elle seule.

— Non, non... Ce n'est pas possible. Je n'en peux plus.

Elle tremblait tellement que l'annuaire du téléphone de l'office lui tomba des mains quand elle le prit. Elle l'ouvrit à la page Saint-Tropez, puis elle se mit à chercher un numéro. Quand elle l'eut trouvé, elle alla vérifier dans le couloir que personne n'était dans les parages et retourna s'enfermer dans l'office pour composer le numéro.

Dès qu'il y eut le déclic dans l'écouteur, elle plaça sa bouche le plus près possible du micro et, presque à voix basse :

— Allô ? C'est bien le commissariat ?

***

Cinq minutes plus tard, le téléphone sonnait aussi à l'Escalet. Boris courut décrocher. C'était Dormaz et il avait la voix altérée. Pas un pli du visage de Boris ne bougea tout le temps qu'il écouta.

— Qu'est-ce qu'on va faire ? fit-il enfin. Mais on bouleverse le programme. Complètement.

Quand il eut raccroché, Ghislaine était devant lui. Pâle sous son bronzage et les yeux cernés.

— Tu as repris tes yeux de tueur, frémit-elle. Tout est fini ? Le gosse est mort ? On arrive trop tard ?

Boris roulait des yeux.

— Croise les doigts, je t'en prie. La vieille servante noire de Jacqueline Murchison vient d'appeler les collègues. Et ce qu'elle a déballé est dramatique.

Il se fouilla à la recherche d'une cigarette.

— La folle est en train de vider une trousse de chirurgien.

Ghislaine se cacha le visage entre les mains.

— Mon Dieu, pauvre gosse. Cette fois c'est la fin...

Déjà Boris était sur elle :

— Viens, tu auras bien le temps de pleurer plus tard.

Ils foncèrent vers la chambre où Aïda paraissait rêvasser, les yeux au ciel. Boris la souleva sans ménagement comme un paquet.

— Allez, ouste, la salope. On s'en va.

Il la secoua comme un sac.

— Je te le jure, siffla-t-il, si elle lui fait ce qu'elle a fait à son mari, je te découpe les seins au couteau électrique.

CHAPITRE XV

Marie-Edith jeta un coup d'œil à la pendule Lesieur suspendue au-dessus de la porte de la cuisine. Près de huit heures. Encore une petite demi-heure à attendre. Selon les instructions du commissariat lors de son appel, elle leur avait retéléphoné vingt minutes avant, pour qu'on lui dise ce qu'elle aurait à faire. Dans tous les détails. Maintenant, il ne restait plus qu'à attendre.

Et à espérer que Castor et Pollux ne rentrent pas trop tôt de leurs courses. Pourvu que leur petit déjeuner rituel à la terrasse de *Sénéquier*, sur le port, dure longtemps...

Venu d'en haut, le cliquètement d'une machine à écrire lui fit tendre l'oreille. Tiens, c'était curieux. Jacqueline Murchison ne se servait jamais de cette machine. C'était à Castor qu'elle réservait d'habitude la frappe de son courrier. Il fallait absolument savoir. Le policier à la voix grave et précise qu'elle avait eu au téléphone lors de son deuxième appel avait été formel : elle devait tout surveiller. Et prendre le risque de rappeler si nécessaire.

Elle sortait de la cuisine quand elle vit venir vers elle Béatrix et Allan. La petite Hollandaise, le visage encore gonflé de sommeil, tirait le géant glabre par la main. Comme toujours, la tête d'Allan se balançait de droite à gauche et il souriait aux anges béatement.

Après lui avoir dit bonjour, Béatrix jeta un coup d'œil un peu inquiet à Marie-Edith.

— Aïda est revenue ?

La vieille Antillaise poussa un soupir.

— Non... Madame est très soucieuse. Laisse-la tranquille. Fais déjeuner Monsieur et occupe-le.

Elle referma la porte de la cuisine et glissa sur ses pantoufles vers l'escalier. Une fois au salon, elle retint sa respiration pour se diriger tout doucement vers le bureau attenant et quand elle fut arrivée devant la porte entrouverte, elle risqua un œil.

Oui, c'était bien sa patronne qui tapait à la machine. A côté de celle-ci sur le bureau, plusieurs feuillets froissés, sans doute des premières versions abandonnées. Marie-Edith se recula vivement : sa patronne venait de se lever pour aller réfléchir à la fenêtre, se caressant le menton entre pouce et index. Puis elle revint s'asseoir et Marie-Edith réprima un frisson. Jamais celle au service de qui elle avait travaillé, cinq ans, n'avait eu les traits aussi marqués, aussi durs. Et incroyablement veillie. Pour la première fois, Marie-Edith la voyait pieds nus et dans une robe de chambre mal refermée sur son corps sec. Même le chignon était à l'abandon, avec un peigne qui pendait.

Marie-Edith se recula encore : cette fois Jacqueline Murchison avait terminé sa frappe. Marie-Edith n'eut que le temps de courir faire semblant de ramasser un cendrier sur la table basse comme pour le vider. Sa patronne surgissait, un feuillet à la main.

— Ah, tu étais là, fit Jacqueline d'une voix rapide. Va me chercher mon mari, tout de suite.

*
**

Assis à la place que Jacqueline avait occupé tout à l'heure, Allan regardait d'un air absent la page blanche devant lui. Il avait à la main un stylo, un gros Mont-Blanc à plume d'or. Le stylo lui échappa des mains et quand il le reprit, il se mit à le faire avancer sur le cuir du bureau avec concentration.

— Teuf, teuf, teuf...

La gifle lui retourna le visage et il se mit à pleurnicher. Jacqueline, debout en face de lui, se pencha. Elle avait des éclairs de rage dans les yeux.

— Signe sur la feuille blanche, en bas à droite. Signe !

Le géant vira sur lui-même et disposa avec sa main gauche le stylo en bonne position dans sa main droite. Puis il se mit à tirer la langue avec application.

Quand il eut terminé, Jacqueline attrapa le feuillet et le fit pivoter.

— Non ! hurla-t-elle. Ce n'est pas une signature ! Recommence !

Elle replaça une nouvelle feuille blanche devant son mari puis elle alla chercher une cravache sur une commode. Quand elle la fit siffler dans le vide, le géant voûta peureusement ses épaules.

— Tu en veux ? Tu en veux vraiment ? articula Jacqueline entre ses dents.

Les lèvres d'Allan se mirent à trembloter et il recommença son essai. Dans son cerveau dévasté par l'attaque foudroyante qui l'avait un jour frappé, les rares zones de conscience encore en fonctionnement luttaient, luttaient pour donner l'ordre à sa main de faire ce qu'on lui disait de faire. Il essayait, mais ça ne venait pas. Il voulait désespérement obéir mais il ne pouvait pas ! La cravache s'abattit sur ses épaules à toute force et il poussa un rugissement animal.

Jacqueline lui releva le menton avec l'extrémité de sa cravache.

— Recommence.

Du dos de sa main gauche, Allan essuya les larmes qui lui inondaient le visage, puis il se mit à haleter en reprenant le stylo.

Quand il eut terminé, Jacqueline se pencha.

— Ah, c'est bien, cette fois. Tu auras une glace. Bon, maintenant tu signes encore là.

Elle lui avait mis sous les yeux le feuillet tapé à la machine.

— Voilà, bien sagement... Et tu auras une glace à la vanille. C'est bon hein ?

Allan sortit un peu la langue, le visage irradié d'un sourire niais.

— Voilà..., faisait Jacqueline. Voilà..., tout doucement. Voilà...

Elle arracha le feuillet et poussa un soupir. Ouf, la signature était enfin correcte.

— Redescends, tu vas attendre ta glace à la cuisine.

Elle décrocha son téléphone intérieur.

— Marie-Edith ? Ah, c'est Béatrix. Allan descend. Donne-lui une glace à la vanille.

Restée seule, elle relut attentivement la lettre. La lettre signée par son mari. Puis elle la mit dans une enveloppe et cacheta celle-ci avant de la timbrer. Et elle sortit, après avoir jeté ses brouillons au panier.

Marie-Edith entreprenait le ménage de sa chambre quand elle y arriva.

— Non, laisse-moi, plus tard... Pour l'instant, descends au bureau, il y a une lettre à poster. Dès que Castor et Pollux reviennent, tu en renvoies une à Saint-Tropez.

Elle s'enferma et elle alla ouvrir le placard de sa garde-robe. Pour ce qu'elle avait à faire dans un instant, elle avait besoin d'être au mieux de son faste et de son élégance.

A la verticale, au-dessous de la penderie, Marie-Edith tournait et retournait l'enveloppe entre ses doigts. Elle connaissait bien le nom et l'adresse inscrits dessus. L'homme de loi des Murchison, à Palm Springs. Subitement, elle se rappela les brouillons froissés aperçus tout à l'heure sur le cuir du bureau. Elle s'accroupit à côté de la corbeille à papiers et se mit à fouiller. Très vite, elle eut en main la dernière version avant la définitive. C'était écrit en anglais mais quand on est au service de milliardaires internationaux il est indispensable de savoir l'anglais et Jacqueline avait fait donner des cours poussés à Marie-Edith dès son engagement.

La lettre était simple et claire — Allan Murchison annulait une donation faite à une certaine Chantal-Aïda Chausset. Deux propriétés, à Miami et en Normandie, plus une rente à vie de cent cinquante mille dollars par an. Donation qui aurait dû entrer en application à la fin de l'année.

La vieille Antillaise replia doucement la feuille qu'elle avait défroissée et la remit dans la corbeille. Puis, elle décrocha le téléphone en or d'une main décidée.

— Allô ? Le commissariat de Saint-Tropez ? Je voudrais parler à M. Corentin. Dites-lui que c'est de la part de Marie-Edith. Et que c'est très important.

Moins d'une minute plus tard, le radio-téléphone d'un break Peugeot 505 blanc banalisé grésillait tout près de la maison du gardien des Parcs de Saint-Tropez. C'est Dormaz qui décrocha. Boris était à l'arrière, à côté d'Aïda, toujours ficelée. Ghislaine l'avait supplié de venir avec eux, mais il avait tenu bon.

Après quelques secondes d'écoute, Dormaz fit signe à Boris.

— C'est pour vous. Qui vous savez.

Boris se projeta en avant et attrapa le combiné. Un sourire carnassier illumina très vite son visage.

— Parfait, fit-il. Et merci, d'avoir eu le bon réflexe. On se retrouve comme convenu.

Il rendit le combiné à Dormaz, qui raccrocha, puis il se pencha sur Aïda :

— Dans cinq minutes, ma belle, tu seras devenue la plus docile des alliées, je te le promets.

Il consulta sa montre.

— En route.

Le break 505 sortit de l'ombre des pins parasol et prit la direction de la mer. Celle que Gilles avait prise, huit jours plus tôt, attiré comme par un aimant par une Rolls Royce noire aux vitres fumées. Mais cette fois, Aïda la princesse, Aïda la lesbienne folle, se trouvait avec les flics, toujours ficelée et bâillonnée par un sparadrap en croix.

Comme Gilles l'autre jour, encore une fois, le break stoppa un peu avant le grand portail hérissé de pointes avec sa plaque de cuivre étrange au sens enfin lumineux. Dormaz coupa le contact. Ce qu'ils attendaient ne tarda pas à se produire : au bout de quelques instants, les deux battants du portail glissaient sur leurs rails et la silhouette d'une vieille Noire voûtée et toute frêle apparut.

A peine dehors, Marie-Edith courut vers le break d'où Dormaz sortait en même temps, dépliant sa carcasse dégingandée, et elle lui tendit sa boîte de télécommande. Dormaz la saisit et se précipita à l'intérieur avant de refermer sur lui. Tout de suite, il se mit à chercher le boîtier électronique du système d'ouverture et de fermeture des portes, forcément tout proche. Il le trouva derrière un des piliers et se mit aussitôt à dévisser le couvercle. Il sourit; il avait devant lui, bien rangés, les dix mollettes de la combinaison chiffrée. Le plus vite qu'il put, il changea la combinaison, en reportant le nouveau chiffre sur les mollettes internes de sa boîte à lui. Puis il vérifia, poussant le bouton de sa boîte. OK, ça marchait.

Sur la nouvelle combinaison, et plus sur l'ancienne.

Il se rua sur la route.

— Venez!

Conduit cette fois par Boris, le break franchit le seuil et s'en alla dans la grande allée entre les palmiers. Tandis que Dormaz faisait se refermer derrière eux le portail. Désormais, plus personne ici ne pourrait entrer, même disposant d'une boîte. Seule la nouvelle combinaison fonctionnait.

Marie-Edith avait été très nette au téléphone. Castor et Pollux, quand elles se déchaînaient, pouvaient être redoutables comme des lionnes. Des lionnes à qui on aurait payé des cours de close-combat. Et elles n'allaient pas tarder à rentrer de Saint-Tropez en Range-Rover.

Boris trouva un terre-plein sur sa gauche au

bout de deux cents mètres. Hors de vue à la fois du portail et de la maison dont le toit se dessinait au loin au-dessus des bosquets d'épineux du maquis. Il coupa le contact.

— Marie-Edith, je peux avoir cette enveloppe ?

Elle la lui tendit. Boris décacheta et sortit le feuillet plié en trois. Il lut, concentré. Puis il montra le feuillet par-dessus le dossier de son siège à Aïda.

— Tu reconnais la signature ?... Bon, lis, maintenant. Ça peut t'intéresser.

Aïda avait lentement abandonné sa nuque contre le dossier de la banquette arrière et ses mains toujours attachées dans son dos griffaient le tissu sous ses reins à se casser les ongles. Sa poitrine se soulevait par saccades. Elle n'en pouvait plus d'avoir la bouche bloquée par ce sparadrap gluant. Elle n'en pouvait plus, surtout, à cause de ce qu'elle venait de lire. Aucun doute possible, c'était bien la signature d'Allan. Et les caractères de la machine à écrire de Jacqueline, très hauts, gothiques, un caprice rétro. Et le texte ne pouvait être que de Jacqueline. Ecrit dans un anglais parfait et avec les termes juridiques exacts que personne d'autre qu'elle à la maison ne connaissait. Inutile d'essayer de se dire qu'il s'agissait d'un coup monté. Même si Marie-Edith avait pu avoir accès à la machine à écrire, elle n'aurait jamais été capable de composer ce texte.

Elle eut soudain une frénétique envie d'air. Ses narines se bouchaient. Elle se sentait au bord de la syncope. Ainsi, ça y était, le flic diabolique aux yeux noirs avait pratiquement réussi son coup. Il était arrivé à faire croire à Jacqueline que, elle, Aïda, l'avait trahie. Et Jacqueline s'était vengée, la déshéritant complètement...

Elle se cabra de côté et avança la tête, les yeux exorbités. Boris se précipita :

— Elle étouffe... Et tant pis, si elle crie. Personne ne peut plus l'entendre ici, Lucien, fermez quand même toutes les vitres.

A peine le sparadrap arraché, Aïda se mit à respirer à pleins poumons comme un plongeur qui jaillit hors de l'eau. Puis son menton retomba dans sa poitrine.

— Vous êtes très fort..., fit-elle d'une voix blanche. Je vous écoute.

Boris sourit.

— Ah, on devient enfin raisonnable. A la bonne heure. Eh bien, ma petite Aïda, c'est extrêmement simple : vous voilà riche, très riche.

Il tapota le feuillet.

— Deux propriétés de luxe, cent cinquante mille dollars de rente annuelle, ça me ferait réfléchir, moi.

Aïda avait des poignards dans les yeux.

— Ça va, j'ai compris.

Boris se fit dubitatif :

— Vraiment ? Voyons ça. Voici ce que vous allez faire...

Quand il eut terminé, Aïda pleurait doucement.

— C'est ignoble. Jacqueline m'aime et je l'aime.

Boris agita l'index.

— Je vous en prie. Pas de mots pareils dans votre bouche. Ah, non, pas dans votre bouche. Maintenant, réalisez bien une chose. Tout va se passer très vite. Vous n'êtes pas bête. Comment comptez-vous faire croire à votre amie que vous ne l'avez pas trahie ? Toutes les preuves sont contre vous. Vous êtes coincée. Vous ne pouvez faire que ce que je vous dit de faire. Sinon...

Il fit le geste de quelqu'un qui met une lettre dans la fente de la boîte postale.

— Sinon, la lettre s'en va à Palm Springs où vous savez comme moi que les lois sont comme partout au monde : un codicille, c'est sacré pour la loi, surtout avec une signature authentique.

Le visage d'Aïda passait de l'ivoire à la cire.

— Alors ? fit durement Boris. Vous avez compris ou non votre intérêt ? Votre amie en prison et pour longtemps, vous n'êtes plus rien.

Elle se détourna.

— Qui me dit, qu'après, vous ne détruirez pas cette lettre ?

Boris hocha la tête. L'air fatigué :

— Ça vous paraît peut-être étrange, mais quand un policier donne sa parole, dans mon pays, qui est le vôtre aussi, ne l'oubliez pas, sa parole est sacrée.

Aïda le fixa :

— Est-ce que je peux faire autrement que de vous croire ?

Boris lui adressa un sourire carnassier :

— Voilà qui me parait frappé au coin du bon sens. A présent, on répète, hein ? Point par point.

CHAPITRE XVI

C'était Castor qui conduisait. Assise à côté d'elle, Pollux cherchait sur l'autoradio un de ces postes diffusant de la musique strictement interdite à la maison. Du rock, ce que la patronne appelait « du tam tam pour aborigènes ». Enfin, elle trouva un truc bien dingue, frénétique. Elle éclata de rire et se mit à se secouer en cadence sur son siège en claquant des doigts pour accompagner le rythme : qu'est-ce que c'était bon d'échapper parfois à l'atmosphère pesante de la maison ! Non pas qu'elles critiquent toutes les deux, mais elles avaient besoin d'un break de temps en temps. Et le meilleur, c'était une course le matin à Saint-Tropez et le café au lait-croissants après sur la terrasse de *Sénéquier* avant de rentrer en s'offrant une bonne tranche de musique interdite.

A part ce petit problème musical, Castor et Pollux étaient parfaitement heureuses au service de Jacqueline. D'abord elle payait bien : le triple des autres maisons où elles étaient passées avant. Ensuite, c'était marrant de s'envoyer les gamines qui se succédaient, style Béatrix. Jacqueline était très conciliante sur le sujet. Quant au cas Allan, le mari, elles ne se lassaient pas de le prendre comme souffre-douleur. Doublant la ration de cravache à l'insu de Jacqueline, n'arrêtant pas de l'asticoter. Là-dessus, elles étaient parfaitement au diapason de la maison : un homme, c'est fait pour être esclave. Dommage qu'Aïda se soit réservé le petit pâtissier. Celui-là, elles auraient bien aimé le prendre en main. Enfin, ça viendrait peut-être...

Restait l'affaire de la disparition d'Aïda. Et là, elles en avaient longuement discuté à voix basse tout à l'heure chez *Sénéquier* : pour elles deux, l'affaire était claire : Aïda s'était fait la malle. Il n'y avait qu'à voir la tête de Jacqueline. Bah ! Elle en trouverait une autre et la vie recommencerait comme avant, calme et tranquille, avec un gosse de dix-sept ans en plus comme jouet.

La Range-Rover prit le dernier virage avant le portail et Castor rétrograda pour aborder la pente finale. L'autoradio se déchaînait de plus belle et Pollux gigotait sur ses fesses en se penchant pour ouvrir la boîte à gants. Elle en sortit la boîte de télécommande et la dirigea vers les deux énormes battants en pressant le bouton.

Les deux catcheuses s'immobilisèrent en même temps : le portail ne s'ouvrait pas. Pollux fit une nouvelle tentative. Toujours rien.

Castor haussa les épaules :

— Les piles sont mortes.

Pollux dévissa le couvercle avec un ongle en jurant : elle avait failli se casser l'ongle. Puis elle sortit la pile et la porta à sa langue.

— Je ne pige pas, grimaça-t-elle. Il y a du jus.

Elles se regardèrent, inquiètes. Quelque chose clochait. Exactement comme si on avait changé la combinaison d'ouverture.

— Il y a peut-être une panne de courant, hasarda Pollux.

Castor poussa un soupir excédé.

— Pauvre conne, il y a une batterie de secours.

Elle fixa l'interphone logé dans le pilier de gauche. Inutilisable. Dès son arrivée, Jacqueline l'avait fait mettre hors service. Elle voulait qu'on ne puisse entrer chez elle qu'après s'être annoncé par téléphone, longtemps à l'avance.

— Eh bien, conclut Castor, on est coincées.

Pollux se passa la langue sur les lèvres.

— Attends, la trousse à outils.

Elle sortit et alla ouvrir la portière arrière, soulevant le tapis de sol. Il y a de tout dans la trousse à outils d'une Range-Rover, y compris une pince coupante. Trente secondes plus tard, Pollux s'activait dans le « mur » de barbelés à côté du pilier, écartant précautionneusement à deux doigts les fils de fer une fois taillés. Il lui fallut un bon quart d'heure avant de pouvoir passer. Castor la vit disparaître derrière le pilier.

Quand Pollux se repointa, elle avait les mâchoires serrées.

— Merde, grogna-t-elle, le couvercle a été enlevé. Passe-moi la boîte.

Elle replongea et se mit à comparer chiffre après chiffre. Puis, elle réadapta la combinaison du boîtier électronique à celle de sa boîte. L'ancienne combinaison. Clac... le portail s'ouvrit.

Quand Pollux remonta dans la Range-Rover, Castor avait coupé la radio. Plus question de plaisanter. Quelqu'un s'était introduit ici, quelqu'un qui avait la boîte, et qui, ça tombait sous le sens, avait voulu leur interdire l'entrée à elles, au moins pour un temps, en trafiquant la combinaison. Pollux se releva lentement les cheveux. A dix contre un, ça sentait la bagarre à brève échéance.

Castor ralentit juste avant de prendre le virage d'où on pouvait voir la maison pour la première fois : un break 505 était rangé sur le côté, à demi dissimulé par les arbousiers. Pollux descendit pour en faire le tour. Il y avait un radiophone à l'intérieur. Elle essaya d'ouvrir : toutes les portières étaient bloquées. Alors, elle se baissa pour ramasser une pierre et cogna la vitre côté conducteur. Le bruit couvrit à peine celui des cigales déchaînées. Elle passa la main pour soulever le bouton de commande intérieur et ouvrit. Puis elle arracha le combiné, avant de faire jouer le clapet de déclenchement du capot avant. Elle souleva celui-ci et arracha le delco. La voiture était non seulement devenue sourde et muette, mais elle ne pourrait plus repartir.

Pollux jeta le delco très loin dans le maquis, puis elle revint à pas lents vers la Range-Rover.

— Qu'est-ce qu'on fait ?

Castor caressa doucement le volant.

— On planque la bagnole nous aussi, mais là-bas, vers les rochers. Puis on y va.

*
**

C'était exactement le chemin suivi huit jours plus tôt par Gilles qu'avaient pris Boris, Dormaz, Marie-Edith et Aïda. Le seul possible pour arriver à la maison en limitant au maximum les risques de se faire repérer. A présent, ils étaient arrivés au même endroit que Gilles, sous la fenêtre d'Aïda. Dormaz ne disait rien. Terrifié intérieurement par ce à quoi il participait.

Boris fit un rapide tour d'horizon des lieux. Son regard s'arrêta sur les ifs taillés avec des ouvertures.

— C'est un labyrinthe ? fit-il, tendu vers Aïda.

Celle-ci fit signe que oui.

— Allons-y.

A peine eurent-ils disparu que des bruits de voix leur parvinrent à leur gauche. Ils se reculèrent. Et comme l'autre jour, Béatrix passa, tenant par la main le géant glabre. Mais cette fois celui-ci était habillé. Jacqueline ne tenait pas à ce qu'on le voie dans sa véritable condition tout à l'heure, à midi, au moment prévu pour l'échange. Ici même au bord de la piscine. Et un échange auquel elle ne pourrait pas échapper. Le flic l'avait prévenue : la propriété serait cernée.

Béatrix tira un peu plus la main d'Allan.

— Qu'est-ce que tu traînes... On doit aller se promener. Se promener, tu as compris ? Viens.

Le géant finit par obéir et se mit à gravir le sentier vers les pins parasols, là-haut.

Boris attendit qu'ils aient disparu, puis il se pencha vers Marie-Edith :

— Revenez vite !

La vieille Antillaise se dirigea vers la porte de la cuisine. Maintenant, tout allait reposer sur elle : se débrouiller pour attirer Jacqueline Murchison au grand salon, le temps aux autres d'entrer et de bloquer toutes les issues.

***

De la butte où elles se trouvaient, Castor et Pollux avaient une vue plongeante sur toute la vallée, y compris bien sûr la maison, le jardin et le labyrinthe végétal.

Où il restait le sommet de trois têtes bien visibles : deux hommes et une femme : Aïda.

— L'ordure..., grogna Castor.

Elles se mirent à courir toutes les deux par le sentier de derrière, celui qui menait à la partie service de la maison, côté garage, courbées en deux derrière les arbousiers et les ronces. A peine arrivées contre le mur de l'office, elles entrèrent tout doucement. Personne.

Elles ouvrirent la porte du couloir et tendirent l'oreille.

— Là-haut, murmura Castor.

Elles avaient tout de suite reconnu à l'étage le frôlement des pantoufles de Marie-Edith, qui devait chercher Jacqueline, apparemment sans la trouver. Elles entendaient des portes qui s'ouvraient successivement partout, puis des appels.

— Madame ? Madame ?...

Ça dura cinq bonnes minutes : la maison était très grande. Puis il y eut de nouveau le frôlement des pantoufles sur les marches de l'escalier : Marie-Edith redescendait.

Elle se fit cueillir de la même manière qu'Aïda, l'autre jour, quoique en sens inverse. C'est en entrant dans la cuisine qu'elle eut juste le temps de voir bondir sur elle deux fauves femelles aux cheveux blonds comme les blés avant d'avoir l'impression que sa nuque éclatait. Puis, elle ne fut plus qu'une petite chose molle qu'on descend à toute vitesse à la cave pour la ficeler et la bâillonner.

⁂

Une dernière fois, Jacqueline se contempla dans l'immense glace murale de la pièce spéciale. Satisfaite. Elle avait vraiment choisi la plus belle de ses tenues. Une robe de bal toute blanche en mousseline. Sa première robe de bal de jeune fille, toujours conservée soigneusement. Sans doute n'était-elle pas tout à fait à la mode des années 1900, mais elle était signée Christian Dior, à l'époque du new-look, et elle était d'un romantisme digne des temps lointains. Bien sûr, les épaules, la gorge et les bras de Jacqueline n'avaient plus la fraîcheur et l'arrondi laiteux de ses vingt ans. Et elle savait bien ce qu'il y avait de douloureux à porter ça, quarante ans après, quand on n'est plus qu'une vieille femme sèche et ridée. Et totalement désespérée. Mais ce serait un symbole. Celui de sa jeunesse et de ses espoirs d'autrefois massacrés par un homme : Allan, le play-boy dont le vrai visage s'était un jour révélé à elle.

Elle revint vers Gilles. Désormais disposé exactement comme elle l'avait planifié pour l'opération. Entravé comme il l'était, le torse et la nuque ficelés à la poutre, le bassin soulevé par deux épais coussins, il lui présentait grotesquement ses cuisses ouvertes à l'équerre.

Et au milieu, le sexe pendant. Et les deux testicules où le bistouri allait bientôt tracer deux petites saignées, juste suffisantes pour extraire les glandes dont elle sectionnerait les conduits après les avoir ligaturés. Ensuite, elle mettrait à la place les deux galets ronds, comme à Allan cinq ans auparavant, et elle recoudrait. Le tout ne devrait guère lui prendre plus d'une demi-heure et Gilles aurait beau hurler, rien n'y ferait. Il serait castré. Au nom de la partie haïe du genre humain, la partie masculine.

Après ? Eh bien Jacqueline attendrait auprès de lui, savourant son retour à la conscience. Ça promettait d'être délicieux. Parce qu'elle lui dirait tout. Lentement. Elle aurait tout son temps de le torturer moralement après l'avoir fait physiquement. Il était à peine dix heures. Le rendez-vous était à midi. Une demi-heure d'opération. Puis une heure et demie de délectation sauvage.

Et le tampon de chloroforme sur la bouche avant de le rhabiller. Et de le faire porter par Castor et Pollux vers la piscine.

Où Aïda l'attendait. Pour prendre à son tour la direction de la pièce spéciale sitôt les autres repartis.

Jacqueline se pencha sur la table où elle avait déballé sa trousse chirurgicale, à côté du grand plat, pour les compresses. Elle attrapa de longs gants de caoutchouc fins comme une peau et elle se mit à les enfiler en observant Gilles. Il était toujours aussi inconscient, les yeux mi-clos, ses longs cils de fille battant par intermittence. Un peu de bave filtrait à ses commissures. Jacqueline se sentit vibrer d'une joie forcenée et elle prit le bistouri. Pour s'arrêter aussitôt : sa main tremblait. Pas de crainte pour ce qu'elle allait faire bien sûr. Nerveusement. Jamais elle ne pourrait mener à bien l'opération. Il fallait absolument arrêter ça. Elle reposa le bistouri et fonça vers le petit bar disposé à côté du canapé. Elle se servit un demi-verre de whisky, y ajouta de la glace et s'assit, buvant à petites gorgées.

Et de nouveau, la scène remonta à sa mémoire. La scène atroce qui avait fait d'elle à vie une ennemie jurée des hommes. Comment pouvait-elle oublier ? Ça faisait deux ans environ déjà que son mari disparaissait certains soirs. Et, de plus en plus souvent. Il devait avoir une maîtresse... Que peut dire une femme plus toute jeune si son mari prend une maîtresse ? Et d'ailleurs, elle-même était-elle si nette ? Le goût des femmes lui était venu. Allan avait fermé les yeux. Ça l'amusait même. En tout cas, ça lui permettait de n'avoir aucun compte à rendre à Jacqueline.

Ce soir-là, elle était une nouvelle fois seule. Allan s'absentait de plus en plus souvent. Elle regardait, sans le voir, un de ces éternels et insipides films vidéo quand le téléphone sonna. Une voix d'homme inconnu, extêmement gêné. Il fallait qu'elle vienne tout de suite à l'adresse qu'il lui donnait. Son mari avait eu un malaise et c'était très sérieux. Surtout, il ne fallait prévenir personne, ni la police ni un médecin. Elle comprendrait pourquoi. Elle y aurait elle-même intérêt. D'ailleurs, un médecin était déjà sur place.

Elle avait promis, elle avait noté l'adresse et elle avait foncé avec sa Ferrari à travers Palm Springs endormi...

Jacqueline se resservit encore du whisky, ses gants de chirurgie collaient un peu au verre. Elle se rappelait... La grande maison au bout d'une allée d'eucalyptus, le salon immense avec un bar et un piano. Et du parfum de fille flottant partout. Elle avait tout de suite compris : un bordel clandestin. Mais vidé de tous ses occupants. L'homme l'attendait sur le seuil en se passant sans arrêt la main sur ses cheveux teints et gominés. Il suintait la trouille.

La chambre était la dernière au fond du couloir et la porte était grande ouverte. Jacqueline s'était avancée. Flageolante. A peine sur le seuil, elle avait compris que pour elle, le monde ne serait jamais plus comme avant.

Allan gisait en travers du lit, nu, le visage cireux, avec un médecin penché sur lui, l'air soucieux. Mais ce n'est pas Allan qui avait fait pousser à Jacqueline un hurlement effroyable, aussitôt étouffé de la paume de la main par le tenancier aux cheveux teints et gominés.

C'était la gamine, là-bas, face au lit. Douze ans au plus. Une petite Noire, frêle et à peine formée.

Derrière Jacqueline, le tenancier s'était mis à bredouiller.

— Je suis désolé... On n'a pas encore pu la détacher. Seul votre mari a la combinaison des menottes.

Le fouet traînait encore par terre. Rouge de sang. La gosse était suspendue au plafond par les poignets réunis dans le dos par les menottes, les épaules désarticulées. La tête pendant en avant, un bâillon encore enfoncé dans la bouche.

Tout le corps n'était qu'une plaie.

— Elle est morte, n'est-ce pas ? avait bégayé Jacqueline avant de s'effondrer dans le sofa.

Oui, faisait l'homme et il jurait qu'il ne savait pas ce que faisait Allan. Tout ça n'était pas prévu. OK, lui, il prostituait des gamines, mais jamais les clients ne poussaient le jeu aussi loin. Allan avait dû devenir fou.

Jacqueline avait relevé la tête vers le médecin.

— Qu'est-ce qu'il a eu ?

— Une attaque. C'est très sérieux.

Après, la petite conférence à trois dans le couloir n'avait pas duré longtemps. Les deux hommes avaient encore supplié Jacqueline de garder le secret, de songer au scandale pour elle-même, etc. D'abord, elle avait refusé. Puis, elle s'était ravisée. La petite Noire à peine pubère, fouettée à mort par Allan, son mari !

Quand elle s'était relevée, subitement très calme, sa décision était prise. Elle garderait le silence. Elle laisserait soigner Allan dans la clinique de ce médecin. Et, s'il en réchappait, elle lui ferait payer son abomination.

Allan en avait réchappé, mais diminué à vie. Retombé en enfance. Officiellement, il n'avait pas été difficile de camoufler. Et dès le retour d'Allan à la maison, Jacqueline avait commencé sa vengeance, jour après jour plus révoltée contre lui. Et devenant peu à peu folle elle aussi. Folle jusqu'à décider de le castrer. Folle jusqu'à décider de faire désormais le plus de mal possible aux hommes n'importe lesquels qui lui tomberaient sous la main.

Et, sa vie d'errance avait commencé. Seule d'abord. Puis avec Aïda, rencontrée dans un avion et aussitôt repérée comme une sœur de Lesbos. C'était à elles deux qu'elles avaient organisé au fil des mois leur vie à part, hors du temps et des normes.

Leur merveilleuse vie jusqu'à ce jour malheureux où ce petit crétin de fils de pâtissier avait croisé la route d'Aïda dans cet endroit méprisé où elle était allée pour la première fois depuis leur vie commune : un supermarché.

Jacqueline tendit sa main droite. Celle-ci ne tremblait presque plus. Encore un peu de whisky et ça irait. Elle pourrait accomplir son œuvre. Elle, l'épouse délaissée devenue encore plus détraquée sexuellement que ne l'était son mari. Comme si celui-ci s'était vengé du traitement subi depuis cinq ans, en pourrissant, comme par osmose, le cerveau de sa femme.

CHAPITRE XVII

Dormaz consulta sa montre pour la énième fois depuis le départ de la servante.

— Ça fait un quart d'heure, fit-il, lissant distraitement sa moustache. Il s'est passé quelque chose. Il faut absolument prévenir les collègues. Il y en a deux que j'ai mis de garde au cas où. Je remonte à la voiture.

Boris hasarda la tête hors du labyrinthe, toujours rien.

— Je ne peux pas vous dire non, reconnut-il. Allez-y.

Dormaz s'apprêtait à partir quand il se bloqua : les bouviers des Pyrénées face à lui, babines déjà retroussées sur leurs crocs.

— Aïda ! jeta Boris. Vite. Ils vous connaissent.

Aïda s'avança.

— Djik, Rolf, ici, dit-elle à voix basse.

Surpris, les deux mastodontes se mirent à remuer la queue et s'avancèrent vers le labyrinthe en trottinant. Déjà ils léchaient la main d'Aïda, puis celle de Boris. Dormaz s'en alla, courbé en deux, courant vers le sentier protégé par les buissons.

Boris se pencha sur Aïda :

— Qu'est-ce qui s'est passé ? Vous avez bien

une idée ! Les deux Danoises ne sont pas rentrées ?

Aïda haussa lentement les épaules.

— Je n'en sais rien, je vous le jure. Je ne sais plus rien.

Elle s'essuya les tempes avec les paumes. Elle transpirait. Elle aussi, tout un passé de bonheur remontait en elle. Et voilà que tout était brisé. Là-haut, Jacqueline qui la croyait passée à l'ennemi. Et qui avait écrit cette abominable lettre pour se venger. La lettre, là, dans la poche du flic si beau, mais tellement homme... Et là, à sa portée.

Elle ferma à demi les yeux. Il suffisait de si peu de choses. Un ordre donné à Djik et à Rolf et le flic ne serait plus qu'une loque humaine se débattant par terre entre leurs mâchoires... Après, elle foncerait dans la maison, elle savait où trouver Jacqueline. Elle ouvrirait. Elle lui hurlerait la vérité. Il faudrait bien que Jacqueline la croie, elle ne pourrait pas faire autrement que de la croire, elle, son Aïda !

Elle se recula, glissant sur ses pieds, vers les chiens, dardant ses yeux verts sur le dos du flic qui se penchait encore pour observer la façade, hésitant toujours. Elle ouvrait la bouche quand une main se plaqua sur sa bouche et elle se sentit arrachée du sol comme par un hercule. Au bruit, Boris vira sur lui-même comme une toupie. Surgie du fond du labyrinthe, une fille géante aux cheveux blonds comme les blés le fixait, une main énorme écrasée sur le visage d'Aïda et l'étouffant peu à peu avec l'autre bras. Elle serrait comme un étau et plus elle serrait, plus Aïda se ramollissait, devenait pantin. Et la blonde souriait à Boris, lèvres retroussées comme celles d'un chien qui va mordre. Les deux bouviers des Pyrénées s'étaient levés et tournoyaient autour d'elle, oreilles dressées.

— Après elle, toi, grogna Pollux.

Elle eut un rire acide.

— Tu ne feras pas le poids, minus.

Boris se cala bien sur ses jambes, prêt à recevoir l'assaut. Ça n'allait pas tarder. Déjà les côtes d'Aïda craquaient. Elle ne bougeait plus, les bras inertes pendant le long de son corps. Les deux chiens s'étaient mis à gémir en se rapprochant encore.

A deux mètres d'eux, Boris les observait et il commençait à reprendre espoir. C'était vrai qu'il ne ferait jamais le poids devant le monstre-femelle. Mais il avait l'habitude des chiens. Il en avait vu, des séances de dressage au bois de Vincennes ! Et il devinait ce que la géante ne remarquait visiblement pas. Une préparation d'attaque par deux chiens visiblement dressés pour ça et contre quelqu'un de connu qui se transformait en ennemi : la tueuse d'Aïda, leur maîtresse.

Boris se pencha et, à voix basse :

— Djik, Rolf ! Attaque ! Attaque !

Les deux bouviers se ruèrent à l'assaut, sautant tout de suite à la gorge, sans un bruit. Pollux n'eut même pas le temps de crier. Elle s'abattit tout de suite en arrière, abandonnant le corps d'Aïda et bientôt ce qui avait été le dernier rêve de l'inconnue à la Rolls Royce du Géant Casino, se réalisa. Mais pas avec Boris. Avec une catcheuse d'au moins un mètre quatre-vingt-dix, transformée en pantin désarticulé que deux monstres déchiquetaient, toujours sans un bruit. Des chiens d'attaque parfaitement dressés.

Boris réprima un hoquet de dégoût, puis il sortit du labyrinthe au moment où Béatrix revenait avec Allan. La petite Hollandaise devint brusquement très pâle.

— Qui vous êtes ? Qu'est-ce que vous faites ici ?

Boris l'étudia. Juste une gamine toute frêle et qui tremblait de tous ses membres, minuscule à côté d'Allan Murchison, le mari retombé en enfance qui paraissait lui, ne pas prêter la moindre attention à l'homme surgi du labyrinthe.

Boris s'avança :

— Je suis un ami. N'aie pas peur de moi, je ne te ferai aucun mal.

La gosse reculait, les yeux maintenant hors de la tête.

— Vous êtes un homme, Jacqueline dit que tous les hommes sont mauvais. Tous.

Boris essaya de sourire :

— Elle peut se tromper...

Il se bloqua : quelque chose venait de se passer dans les yeux de la gamine. Un imperceptible changement dans les prunelles. Boris comprit que ce n'était plus lui qu'elle regardait, même si la direction restait la même, mais derrière lui. Il ne se retourna pas. Pas le temps. Il avait compris. Il se replia en lui-même le plus vite qu'il put et se projeta de côté dans un roulé-boulé qui le fit atterrir contre les thuyas. La main puissante de l'autre tueuse passa à ras de son épaule, le ratant d'extrême justesse.

Castor le regarda se relever avec exactement le même sourire que Pollux, trois minutes avant, dans le labyrinthe.

— Viens, petit que je t'écrase.

Le cœur de Boris se mit à battre à éclater dans sa poitrine. Ce qu'il avait en face de lui, bien plantée sur ses jambes, le buste en avant, c'était un cauchemar. Un poids lourd avec des seins, de longs cheveux blonds et des lèvres de femme. Il se rua en avant, visant l'estomac avec sa tête. Sa seule chance.

Le choc fit se plier Castor en deux avec un gémissement sourd, mais déjà Boris s'était relevé d'un coup de reins et cette fois, c'était son crâne qui heurtait le menton de la catcheuse, le coup double classique. Un, l'estomac pour faire perdre ses moyens à l'adversaire. Deux, le menton, pour l'envoyer dans les pommes.

Ce n'était pas pour rien que Castor avait été championne de close-combat féminin. Elle aussi connaissait le coup double que Boris tentait désespérément de lui appliquer. Et ce ne fut pas à la pointe du menton, là où le choc vous met KO que le crâne aboutit, mais au coin du maxillaire. Castor, dans un réflexe de vraie pro, avait tourné la tête in extremis.

Trois secondes plus tard, Boris ressemblait en masculin à Aïda tout à l'heure, dans les bras de Pollux. Mais, lui, c'était de face que Castor l'avait soulevé. Et, maintenant elle serrait, serrait à deux bras en riant comme une folle. Boris avait beau se débattre, lui massacrer l'aine à coups de genoux, attraper sa gorge, rien n'y faisait. Il était ceinture noire de judo et deuxième dan. Pour rien... Elle continuait à serrer et les forces abandonnaient Boris au fur et à mesure que l'étau écrasait sa poitrine.

Il commençait à perdre conscience quand, tout à coup, l'étreinte se relâcha. Une gorgée d'air envahit les poumons de Boris et il se remit à cogner. C'est alors qu'il entendit ce qu'il n'avait pas pu entendre la première fois dans le nuage noir qui envahissait son cerveau. Le choc mat. Castor se mit à vaciller, lâchant complètement Boris qui atterrit à genoux par terre. Il releva la tête et vit Allan Murchison qui se tenait derrière le monstre-femme. Il relevait une pierre. Le troisième choc fit s'effondrer Castor, le visage dans le dallage et elle ne bougea plus du tout.

Allan jeta la pierre de côté et il se mit à se taper sur la poitrine comme un singe immense en hurlant des grognements venus du fond de la préhistoire. Boris se releva complètement. Il haletait. Sa poitrine lui faisait abominablement mal. Il chercha la gamine et finit par l'apercevoir qui s'enfuyait en courant dans le maquis. Une main le fit sursauter. C'était le géant, il se penchait sur lui et il riait comme un enfant de trois ans. Puis il lui prit la main et il le força à le suivre à l'intérieur de la maison, jusqu'à la cuisine.

Boris se laissait faire, intrigué. Allan finit par le mener devant le réfrigérateur, puis il se mit à articuler des sons incompréhensibles en désignant la porte du congélateur de l'index.

Boris se gratta le menton.

— Ça va, j'ai compris, tu veux que j'ouvre la porte du congélateur. Mais entre nous, mon vieux, tu pourrais le faire toi-même.

Dès qu'il eut ouvert, Allan se pencha à côté de lui et il tendit l'index à l'intérieur cette fois. Boris se pencha lui aussi. Et il comprit : le géant lui désignait des cornets de glace.

— Ah, tu veux ta récompense. Et bien, c'est très volontiers. Lequel tu veux : vanille, fraise, chocolat ?

L'index d'Allan s'arrêta sur vanille, mais il n'avançait toujours pas la main. Boris poussa un soupir. Bon Dieu, c'était à ne pas croire... Il prit le cornet et le tendit à Allan. Celui-ci le lui arracha des mains avec un gloussement et il alla aussitôt s'accroupir dans un angle de la cuisine en épluchant le cornet comme un singe le fait avec une banane.

Déjà, Boris ne s'intéressait plus à lui, fonçant vers le couloir. Maintenant, il en était sûr, il n'y avait plus personne en « liberté » ici, que Jacqueline Murchison. Mais où ? Il se mit à explorer méthodiquement partout, étage après étage, pièce après pièce.

CHAPITRE XVIII

Une seule personne, désormais, pouvait aider Boris, Marie-Edith. Il avait revisité toute la maison cette fois en plein jour, passant plusieurs fois sans s'en douter devant la pièce à torturer au mur refermé. Marie-Edith savait, elle. Et, dans la cave où elle s'était réveillée, elle se tordait dans ses liens. Elle avait tout entendu du combat extérieur, et elle avait compris. Il fallait absolument venir en aide au policier ! Jacqueline Murchison, ne serait-ce qu'au bruit, s'était sûrement réfugiée là-bas, dans cet endroit qu'elle connaissait, elle.

Mais Castor et Pollux n'avaient pas été que des championnes de lutte, elles savaient aussi faire des nœuds et elles avaient pris la précaution de dissimuler la vieille servante derrière la chaudière de la cave, recouverte de vieilles couvertures et cachée derrière un amas de sacs de sel adoucisseur bien rangés.

Elle entendit la porte de la cave s'ouvrir, puis le bruit d'un pas d'homme. Il venait, il allait la trouver ! Elle essaya de crier, mais aucun son ne sortit de sa bouche. Et, pour cause : avant de lui mettre son bâillon, Pollux avait pris la précaution de lui enfoncer dans la gorge un gant de toilette roulé en boule et maintenu par un lacet.

Boris fit le tour de la cave. Il s'approcha de la chaudière et se pencha. Rien. Juste des sacs de sel adoucisseur et un tas de vieilles couvertures dans l'ombre.

Il se recula et Marie-Edith se mit à pleurer doucement quand elle l'entendit remonter.

Là-haut, Boris tomba sur le géant qui jouait à quatre pattes dans le couloir avec une auto miniature. Allan avait la figure encore barbouillée de crème et il se léchait comme un animal se lèche les babines. En l'apercevant, il émit un grognement heureux et il se remit debout.

Il attrapa la main de Boris et se mit à tirer vers la cuisine et là, le manège recommença. L'index tendu vers la porte du congélateur avec une mine gourmande. Boris poussa un soupir et il ouvrit le congélateur. Pourquoi ne pas faire plaisir au géant retombé en enfance ? Allan poussa un rugissement de bonheur en voyant ressortir la main de Boris sur un nouveau cornet de glace.

Boris allait le lui donner quand il arrêta brusquement son geste. Ça venait de lui arriver comme une illumination : Allan Murchison vivait ici, on ne se méfiait certainement pas de lui, et il devait tout voir, tout. Par conséquent, il savait où devait se trouver Gilles. Et sa femme avec lui, quelque part dans une cache secrète aménagée dans un recoin de l'immense demeure.

Sans doute, quand Dormaz allait arriver avec les policiers, ils trouveraient, à force de tout fouiller, tout sonder à plusieurs. Mais ce serait peut-être trop tard. Il fallait y parvenir immédiatement.

Boris se recula, agitant son cornet sous le nez du géant.

— Tu en as envie, hein ? C'est bon, la glace...

Le cornet passait et repassait devant Allan, lui faisant bouger la tête de droite à gauche, langue un peu sortie, les yeux avides. Tout à l'heure, il lui avait suffi d'une pierre pour faire éclater le crâne d'un monstre-femme de cent kilos. Devant lui non plus, Boris ne faisait pas le poids. Un coup de sa grosse main énorme et il irait valdinguer contre le mur. Et alors, Allan l'aurait, son cornet tellement désiré.

Mais, dans le corps du géant, il n'y avait plus qu'une cervelle d'enfant de trois ans. Et ce n'était pas un homme de plus de deux mètres qui faisait face à Boris, mais un être peureux qui devait se sentir tout petit, fragile et dépendant de la volonté d'autrui.

Boris fit un pas en arrière, tenant toujours le cornet sous le nez d'Allan. Allan suivit.

— Il faut le mériter, reprit Boris. Tu comprends ?

Il reculait encore. Maintenant, il était dans le couloir. Et Allan le suivait, comme tiré par un aimant.

Arrivé au premier étage, celui des pièces de réception, Boris entra au salon et fit mine de chercher quelqu'un.

— Jacqueline ? Jacqueline ?

Le géant s'était arrêté, l'air interloqué. Boris lui repassa le cornet sous le nez.

— Jacqueline... Où est Jacqueline ? Dis-moi où est Jacqueline. Et tu auras ta glace. C'est promis.

Le géant s'accroupit et se mit à pleurnicher, index tendu vers le cornet. Boris poussa un soupir.

— Bon, dit-il, on continue...

Il alla au bureau et recommença sa petite scène :

— Jacqueline ? Jacqueline ?

Allan bavait, maintenant, en se tordant les mains. Mais le déclic ne se produisait toujours pas. Alors, Boris l'entraîna vers l'étage des chambres. Et il les fit toutes une à une :

— Jacqueline ? Jacqueline ?

Le cornet passait et repassait sous le nez d'Allan.... Toujours en vain, et Boris commençait à perdre tout espoir. Il ne restait plus qu'à abandonner. Autant lui donner tout de suite son cornet, le jeu était trop cruel.

Il observa Allan en hochant la tête de pitié : le géant était allé s'asseoir par terre contre un mur, face au palier de l'escalier. Il s'enfonçait les doigts de la main droite réunis en forme de cornet dans la bouche et il suçait avec des gargouillis, tout en désignant le cornet, le vrai, de l'autre main. Puis il abandonna sa main droite et tout à coup, il releva la tête en roulant les yeux.

Boris se bloqua : c'était curieux. Dans les prunelles mortes du géant, il y avait vu soudain comme un éclair furtif. Cette lueur précise qui différencie le regard humain du regard animal. Ça n'avait duré qu'une seconde, mais ça s'était produit !

Boris prit une longue inspiration et il se rapprocha :

— Jacqueline ? Jacqueline ?

Le géant le fixait, exorbité, et une deuxième fois il y eut une lueur. L'ébauche d'une seconde de conscience. Boris se pencha, cornet en avant.

— Jacqueline — glace... Jacqueline — glace...

Les yeux d'Allan roulaient sous ses paupières

et il changea lentement sa position. Se mettant à genoux, face au mur, il se mit à frotter la paroi, les bras en croix, comme s'il lançait de lents signaux de sémaphore. Ventre plaqué contre le mur.

Dans la poitrine de Boris, son cœur s'était brutalement accéléré. Il concentra toute son attention sur le mur. Six mètres de largeur... Et puis, à gauche, l'angle qui tournait sur le couloir des chambres. Il fonça dans le couloir. A gauche, il y avait trois portes successives. Les chambres visitées tout à l'heure et donnant sur le mur. De l'autre côté rien, pendant une douzaine de mètres, avant une autre porte de chambre, donnant elle côté vallée. Il fonça jusqu'à cette chambre-là et ouvrit précipitamment la porte, se ruant vers la fenêtre. Il se pencha sur sa droite.

Et il comprit.

Là encore, le mur extérieur était aveugle sur une douzaine de mètres, jusqu'à un nouvel angle de la construction où se trouvaient de nouvelles fenêtres, celles des chambres de bonne.

— Bon Dieu, se dit-il, c'est là ! Il y a un espace secret dans la maison. Douze mètres sur six. Là, tout près !

Il rebroussa chemin à toute allure, Allan continuait son manège. Debout maintenant en croix contre le mur aveugle. Et ses bras faisaient le sémaphore ! Et Boris comprenait enfin le manège silencieux. « C'est là. Donne-moi ma glace. Jacqueline est là, derrière ce mur. Donne-moi ma glace. »

Boris vint lui mettre la main sur l'épaule.

— Ça va, mon vieux, merci. Tiens, prends-la, ta glace.

Allan happa le cornet à deux mains et se mit à déchirer le papier. Puis, il alla s'accroupir à l'écart, fesses sur les talons, et avant de commencer à sucer, il eut une troisième fois, vers Boris, ce regard où passait comme une lueur fugitive, une étincelle d'intelligence. Tout de suite après, ses prunelles redevenaient mortes et il ne fut plus qu'un grand singe qui grogne en léchant la glace offerte en récompense d'un tour de cirque réussi.

Le mur était tendu de tissu grège et Boris se plaqua à son tour contre lui. Sous le tissu, il sentit l'élasticité du molleton disposé derrière entre tissu et plâtre. La commande d'ouverture ne pouvait que se trouver là, puisque c'était là qu'Allan avait fait passer son message. Il y avait sûrement un endroit quelque part où il suffisait d'appuyer pour déclencher le mécanisme.

Et le mur s'ouvrirait, comme dans les contes de fées.

Boris se mit à tâter. En commençant par la gauche et en allant de haut en bas, puis de bas en haut. Systématiquement.

*
**

De l'autre côté du mur, à trois mètres de lui, Jacqueline venait de se relever de son canapé : enfin le tremblement de sa main avait cessé. Elle pourrait commencer l'opération. Elle alla se planter au-dessus de Gilles. Il ne bougeait plus. Il ne gémissait même plus. Il paraissait évanoui, mais sa poitrine se soulevait, à brèves petites inspirations saccadées. Le seul bruit dans ce bunker, c'était le ronronnement léger venu des bouches du système d'aération.

Jacqueline traîna la table basse près de la poutre. Comme ça, elle aurait ses instruments bien à portée. Puis elle s'assit à califourchon sur la poutre entre les jambes écartelées à l'équerre de Gilles, elle étala soigneusement la gaze craquante de sa robe blanche autour d'elle et elle approcha ses deux mains des testicules.

Elle les souleva, elle les fit rouler entre ses doigts gantés de rose. Gilles n'avait toujours aucune réaction.

— Eunuque, chantonna Jacqueline, tu vas être eunuque...

Elle se cabra, secouée par un éclat de rire suraigu et elle fit claquer son briquet au-dessus de sa lampe à alcool. Puis, elle approcha de la flamme la lame du bistouri : pas question d'opérer Gilles sans respecter les plus élémentaires règles d'hygiène.

⁂

Boris se passa l'avant-bras sur le front pour essuyer la sueur qui l'inondait. Il avait palpé tout le mur de haut en bas, partout, s'aidant même d'une chaise pour atteindre le haut. Rien. A aucun moment, il n'avait trouvé la commande d'ouverture sous ses doigts. C'était à désespérer. Parce qu'il en était certain ! Le mur s'ouvrait ! Et il y avait derrière le secret qu'il cherchait.

Il contempla Allan, à demi endormi dans son coin. La main droite abandonnée à côté de lui, sur le carrelage, tenant toujours le papier du cornet à glace dans sa main.

— Tu ne voudrais pas faire encore un effort ? murmura-t-il. Tu as bien dû les voir presser au bon endroit... Je te promets des wagons de glaces à la vanille à vie, jusqu'à ce que tu n'en puisses plus.

Allan le fixa. Riant aux anges, suçant son papier. Boris ferma les yeux.

Qu'est-ce qui lui avait pris de répondre à

l'invitation de Ghislaine, l'autre jour au téléphone à Paris ? Un break soleil plage et amour dans la presqu'île de Saint-Tropez, dans une maison ravissante prêtée par des amis... Tu parles d'un break... Il était qui, maintenant, lui, Boris Corentin, inspecteur divisionnaire à la Brigade Mondaine ? Un imbécile qui pour aider un ami, s'était fourré dans le pire des guêpiers. Jamais il n'arriverait à sauver Gilles le petit pâtissier. Il s'était mis hors la loi. Il avait fait ce qu'un flic qui se respecte ne fait jamais : il avait kidnappé une fille, avec un joli résultat. A présent, cette fille était morte, la cage thoracique écrabouillée. Deux autres filles étaient mortes, l'une dévorée par des chiens, la deuxième le crâne fracassé par un demeuré mental de plus de deux mètres de haut. Plus une servante disparue, et morte peut-être elle aussi pour avoir eu le réflexe d'appeler la police. Et puis Gilles. Peut-être mort lui aussi...

Dans un instant, une quantité de policiers allaient débarquer ici. Ils étaient peut-être déjà en train de crapahuter dans la vallée, sautant de buisson en buisson. Ah, ce serait beau ce qu'ils découvriraient...

Avec l'inspecteur divisionnaire Boris Corentin au milieu du massacre, tout seul avec un idiot immense tendant frénétiquement l'index vers l'escalier menant à une porte de congélateur...

Boris rouvrit les yeux. Et comme ça, par pur hasard c'est un interrupteur qui se trouva au centre de son champ de vision : celui commandant l'éclairage du couloir tout blanc bien propre, à une hauteur exceptionnellement faible : à moins d'un mètre du sol.

— Bon Dieu, que je suis con ! grogna Boris en se ruant vers le mur.

Maintenant, il étudiait les angles. Celui de droite, puis celui de gauche. Un interrupteur, cela se met à la hauteur des autres. Même si après on le cache sous un tissu mural.

Il se recula. Le plus logique, c'était le côté gauche. Il avança la main en tâtant le tissu à hauteur de ses cuisses et il s'immobilisa.

Sous son doigt, à la bonne hauteur, un renflement dans le tissu.

Il appuya.

Le mur ne fit qu'un chuintement à peine audible en obéissant. Il se décollait de la paroi de gauche, il glissait.

Il s'ouvrait !

Alors, Boris sentit, réellement, physiquement, son sang qui s'en allait de ses pommettes.

D'où il se trouvait, sur le seuil de la pièce maudite enfin à sa portée, l'aboutissement de sa traque depuis que Dormaz était venu lui demander de l'aide un après-midi sur la plage de Pampelonne, le spectacle dépassait l'imaginable.

Une vieille femme lui tournait le dos, avec ses omoplates sortant de la gaze d'une robe de bal passée de mode. Ses cheveux teints en noir étaient noués en chignon sur sa nuque où les tendons se voyaient. Elle était assise à califourchon dans la corolle de sa robe sur une poutre.

Et sur la poutre, écartelé, ficelé, reins soulevés à lui casser la cambrure par des coussins, le corps nu d'un gosse qui ne pouvait être que Gilles.

A côté, dans le lieu où pendaient partout des anneaux, où des placards étaient ouverts sur des rangées de godemichés, sur des étalages de toutes les sortes de fouets, ou rien qui ne vienne à la vue n'était autre chose qu'un instrument de supplice, il y avait une table basse avec une trousse chirurgicale déployée.

Celle que Boris n'avait jamais vue, mais dont il savait qu'il s'agissait de Jacqueline de Goudarques, épouse d'Allan Murchison, taillait doucement, très doucement la peau d'un testicule de gosse. Du sang perlait à chaque avancée de la lame chromée, atterrissant dans la gaze de la robe de bal. Et le gosse se tordait dans ses liens, poussant des gémissements sourds, visiblement drogué.

Boris vacillait sur le seuil, encore incapable de bien réaliser que ce qu'il voyait était la réalité : la lesbienne folle en train d'effectuer la castration d'un enfant innocent. Comme elle avait déjà castré son mari, Allan, le demeuré glabre, transformé en loque humaine, ne rêvant que de petites voitures et de cornets de glace.

Ça y était, il reprenait le contrôle de lui-même. Il s'avança dans la pièce, lentement, jusqu'à arriver dans le dos de Jacqueline Murchison.

Alors, il ne se pressa pas le moins du monde. Il se pencha et sa main droite vint enserrer le poignet droit enrobé de caoutchouc rose ultra fin de la folle furieuse et il le tordit.

Le bistouri fit un bruit clair en atterrissant sur le carrelage, puis il rebondit, semant de petites gouttes rouges au gré de sa pérégrination.

Jacqueline se cabra comme une vipère, serpentant autour de Boris qui la soulevait maintenant à deux bras.

— Vous, vous ! hurla-t-elle. Je vous reconnais !

Boris alla la poser sur le canapé et il exhiba un sourire carnassier.

— Moi aussi, je vous reconnais.

Il se pencha.

— Jacqueline de Goudarques, pourquoi êtes-vous devenue folle ?

Jacqueline le fixait, sa poitrine maigre haletait dans ce qui avait été sa première robe de bal. Et elle partit d'un rire dément.

— Ah ! Il veut savoir ! Il se pose la question ! Il a gagné et ça ne lui suffit pas ! En plus, il veut savoir !

Elle se calma aussi brutalement qu'elle avait explosé.

— Monsieur le policier si courageux, si astucieux, si malin, vous avez raison. Les vainqueurs ont le droit de savoir.

Elle se leva, étonnamment calme.

— Ah, ne craignez rien, je n'ai pas l'intention de m'enfuir. J'ai perdu. Je sais perdre...

Elle s'arrêta, sur le seuil : une espèce de gorille glabre s'avançait en sautillant, accroupi comme un singe, les mains posées par terre à côté des pieds. Allan vint vers elle et lui prit la main, l'attirant vers le petit bar logé dans le meuble à côté du canapé.

— Ah, fit-elle d'une voix lasse, tu veux ta glace.

Elle ouvrit le mini-congélateur et en sortit un cornet. Allan le lui arracha des mains et sautilla jusque dans un coin. Jacqueline darda ses yeux dans ceux de Boris.

— Qui m'a trahie ? Qui vous a livré le secret du mur ? Aïda ?

Boris secoua la tête.

— Non, elle ne vous a jamais trahie.

Jacqueline devenait blanche comme la craie.

— Tout est de vous... Toute la machination...

Il fit oui de la tête. Jacqueline laissa descendre son visage dans ses genoux.

— Et j'ai douté d'elle. Et j'ai écrit cette lettre... Et Marie-Edith l'a postée...

Boris vint s'asseoir à côté d'elle.

— Non.

Il se fouilla.

— Voici la lettre.

Jacqueline l'attrapa et la déchira rageusement.

— Ah, pardon, Aïda ! Pardon !

Elle se bloqua.

— Vous me permettrez de la revoir une dernière fois avant de m'arrêter ?

Boris promit.

— D'abord, aidez-moi à le détacher, fit-il.

Il se pencha sur Gilles. Le bistouri n'avait fait qu'entamer très légèrement la peau. Une minute de plus, et Boris serait arrivé trop tard. Jacqueline se précipita :

— Faites attention, il est ankylosé. Il ne faut pas lui faire de mal en le détachant.

Boris l'examina, ahuri. Elle haussa les épaules.

— Je vous ai dit que je savais perdre, non ? J'ai perdu. Je vous aide à vous porter à son secours, c'est la moindre des choses.

Quand ils eurent détaché le petit corps martyrisé, Boris porta Gilles jusqu'au canapé et le coucha, en l'enveloppant d'une couverture. Gilles était retombé dans son sommeil hypnotique. Seules ses dents s'entrechoquaient, comme s'il avait très froid. Il avait le visage épouvantablement creusé, avec des cernes noirs sous les yeux.

Boris se releva. Jacqueline Murchison tournait elle aussi la tête vers l'ouverture. Des hommes montaient, tous en uniforme, sauf le premier.

Dormaz s'arrêta sur le seuil, révulsé.

Boris se précipita sur lui.

— Ne dites rien, gardez vos réflexions pour vous. Emmenez le gosse, et le mari aussi. Direction l'hôpital immédiatement. Je vous raconterai tout plus tard.

Dormaz se pencha :

— On sait déjà. Tout ce massacre en bas. Et la servante trouvée à moitié asphyxiée derrière la chaudière.

Boris sursauta :

— Derrière la chaudière ? Bon Dieu, et moi qui ne l'ai pas vue...

Un policier se courba sur le gosse agité de frissons dans sa couverture et le souleva comme une plume.

— Allez, petit, murmura-t-il, le cauchemar est terminé.

Boris revint vers Jacqueline.

— A quoi vous l'avez drogué ? Je veux savoir.

Elle lui adressa un sourire mondain.

— Vous trouverez tout ça dans mon placard à pharmacie. Ma chambre est la première à gauche en entrant.

Elle se leva :

— Maintenant, laissez-moi voir Aïda.

Boris la fit se rasseoir.

— Pas avant que vous ne m'ayez tout raconté. Tout !

*
**

Dans la vallée paradisiaque, tout semblait être redevenu comme avant. La Rolls Royce rangée sous l'abri de tuiles à côté de la Ferrari rouge, de la Mini-Moke et de la Range-Rover. L'arrosage automatique inondait la pelouse de ses gouttelettes et un arc-en-ciel fugitif se formait à chaque jet. Les parterres de fleurs merveilleuses. L'eau de la piscine frissonnant sous la brise solaire... Les cigales se déchaînaient.

Il y avait longtemps que Gilles, Allan et Marie-Edith dormaient dans des lits blancs à la clinique de l'Oasis à Saint-Tropez. Avec Béatrix, pas loin d'eux et trouvée errant dans les sentiers du parc. Les corps d'Aïda, de Castor et de Pollux reposaient à la morgue dans des tiroirs voisins. Il ne restait plus de vivant ici que Djik et Rolf, les deux bouviers des Pyrénées.

Et Jacqueline, qu'ils suivaient comme deux toutous dans le sentier menant à la butte derrière la maison.

Jacqueline s'arrêta un instant pour reprendre souffle. Sa robe de bal flottait autour d'elle. Intacte, avec tout juste trois ou quatre gouttes de sang sur le devant. Elle prit la main de Boris.

— Dites-moi la vérité. Vous me la devez. Je vous ai tout dit, moi...

Elle n'arrivait pas à poursuivre :

— Aïda est morte, n'est-ce pas ? finit-elle par arriver à articuler, syllabe après syllabe.

Boris fit oui de la tête. Jacqueline reçut le choc sans broncher.

— Elle m'aimait toujours, je le sais...

— Oui, fit Boris.

Comme Jacqueline commençait à vaciller, il voulut lui prendre la taille. C'était comme ça, par pitié qu'il avait accepté de lui laisser un délai supplémentaire après ses aveux. Le droit de se promener une dernière fois dans son domaine avant la prison.

Jacqueline se dégagea vivement.

— Qui l'a tuée ? Castor ou Pollux ? Ça ne peut être que l'une d'entre elles. Ah, je vois... Elles ont cru qu'elle m'avait trahie ! Elles ont voulu me venger.

Elle se dressa sur la pointe des pieds et martela à deux poings la poitrine de Boris.

— Je veux savoir ! Castor ou Pollux ? Ou toutes les deux à la fois ?

Boris avait-il eu le temps de savoir qui était Castor et qui était Pollux, de ces deux monstres femelles qui avaient bien failli l'étouffer à mort lui aussi ? Il s'apprêtait à répondre n'importe quoi quand Jacqueline cessa subitement de marteler sa poitrine. Elle se ramollit et il eut juste le temps de la retenir par la taille.

Alors, la vieille lesbienne, celle qui avait été au temps jadis une jeune aristocrate française tombée amoureuse d'un play-boy américain, se cassa en arrière, tête et bras ballants, gorge ridée sortant du décolleté de sa robe de bal signée Christian Dior, avec ses clavicules saillantes et ses côtes dessinées, et elle se mit à chantonner :

— Maman, Maman, les petits bateaux ont-ils des jambes ? Maman, Maman ?

Boris lui releva la tête et il ne réussit pas à attraper le regard de celle qui avait été Jacqueline Murchison. Dans ses bras, il n'avait plus qu'un vieux corps usé à la peau d'ivoire dans une robe de gaze blanche. Et les yeux roulaient dans tous les sens, injectés, prunelles vides.

Jacqueline venait de rejoindre enfin Allan dans le monde des limbes retrouvés de l'enfance.

Les deux bouviers des Pyrénées approchaient pour se frotter aux jambes ramollies, puis aux jambes de Boris. Et les deux tueurs de Pollux levaient en gémissant leurs bons yeux de chiens qui ont compris qu'ils n'ont plus ni maître, ni maîtresse.

CHAPITRE XIX

Dans la fenêtre du 36 quai des Orfèvres à Paris, le ciel était gris, avec de gros nuages bas qui couraient, poussés par le vent d'ouest.

Le commissaire divisionnaire Charlie Badolini, patron de la Brigade Mondaine, poussa un soupir. Il était niçois. Juillet à Nice comme sur toute la côte d'Azur, c'est l'Eden sur terre. Le soleil, la mer, le bonheur. Il rapprocha le combiné de son oreille.

— Je peux vous le dire maintenant, vous m'avez fait une de ces peurs...

A l'autre bout du fil, Boris était installé sur la terrasse de la villa de l'Escalet, pastis à portée de la main. Devant lui, le paysage fabuleux que son patron n'avait aucune peine à imaginer : la mer d'un bleu intense, avec les voiles des bateaux de plaisance, sous un ciel sans aucun nuage.

— Pardonnez-moi patron, fit-il, mais je ne pouvais pas faire autrement que d'aider Dormaz. J'ai eu raison, non ? Le gosse était vraiment en danger, tout de même !

La voix tabagique de Charlie Badolini s'éleva dans l'écouteur, assourdie :

— C'est la méthode employée, Boris, qui m'a

affolé. Vous vous rendez compte, enlever une fille comme un voyou !

Boris sourit :

— C'était la bonne méthode, non ? Elle a payé.

— D'accord, mais faites-moi une promesse, maintenant. Ne recommencez jamais ! Comment avez-vous eu l'audace de procéder, la nuit, dans une propriété privée, à l'enlèvement et la séquestration d'Aïda ? Vous risquiez non seulement la révocation mais la cour d'Assises pour arrestation illégale, détention arbitraire, violation de domicile, séquestration, et j'en passe, avec dix ans de prison à la clé. Savez-vous que lorsque Dormaz est venu chercher du renfort à Saint-Tropez, le commissaire a téléphoné au SRPJ de Marseille qui a demandé des instructions à Paris. J'ai dû user de toute mon influence, pour que le Ciat vienne vous secourir, après de nombreux et délicats coups de téléphone... J'ai failli moi aussi perdre ma place ! Enfin, passons, puisque les coupables sont morts, l'action publique est éteinte et qu'il n'y aura pas de poursuites judiciaires. Une chance pour vous, pour Dormaz et ses collègues.

Il marqua un temps d'arrêt.

— Sacré Boris, va ! Qu'est-ce que j'aurais aimé être à votre place. Entre nous, chapeau. Vous vous êtes conduit comme un champion. Mais attention, hein, que ça reste entre nous ? Officiellement, je vous désapprouve.

Boris sirota un peu de son pastis.

— Reçu cinq sur cinq, patron.

A Paris, Charlie Badolini alluma une gauloise maïs.

— Comment va le gosse ? Je vous parle des séquelles.

— Je vais vous étonner, patron, mais il a eu

une chance pharamineuse dans son malheur. Celle d'être drogué massivement du début à la fin. Il n'a aucun souvenir. Tout ce qu'il se rappelle, c'est l'épisode du supermarché, puis l'entrée dans le domaine avec, bien sûr, tout ce qu'il a vu encore conscient. Pas trop grave.

« Je viens de lui rendre visite à l'hôpital. C'est extraordinaire, la capacité de récupération qu'on peut avoir à dix-sept ans. Evidemment, il pose des questions. Alors, on a convenu, d'accord avec les parents, de ne lui lâcher qu'une seule version : il a été kidnappé et drogué pour avoir découvert le secret de Jacqueline Murchison. Rien de plus. On a donné l'assaut. On l'a libéré et ses ravisseurs sont en prison. Point à la ligne.

« Croyez-moi, il a eu une telle frousse qu'il ne cherche pas en en savoir plus.

— Et la petite Hollandaise ?

— Repartie dans son pays, en cure.

— Et Jacqueline Murchison ? interrogea encore Charlie Badolini.

— Elle, c'est l'asile, comme son mari. Terminé...

Ils rêvèrent un peu, chacun à un bout de leur ligne téléphonique au destin hors du commun de certains êtres sur terre, et puis, Charlie Badolini toussota :

— Au fait, ça vous a pris cinq ou six jours, cette enquête bénévole ? Bon, je vous rallonge votre congé d'une semaine. Vous l'avez bien mérité.

Il ne laissa pas à Boris le temps de le remercier :

— J'ai là quelqu'un qui veut vous dire bonjour, fit-il.

La voix d'Aimé Brichot s'éleva dans le combiné :

— Tu nous as fait une de ces peurs.

Boris éclata de rire :

— Ah, non, pas tous la même chanson, mon vieux.

Il s'arrêta :

— Tu veux que je te dise une bonne chose, Mémé ? Tu m'as manqué.

***

Marie-Edith chantonnait à la cuisine en enfonçant un yaourt — pour attendrir la chair à la cuisson — plus trois gousses d'ail dans le fondement de la volaille qu'elle préparait pour le soir. Un chapon, ou plutôt un « poulet-adieu-mes-couilles », comme on dit en Martinique.

Ban moin un tibot, Doudou
Un tibot, deux tibots
Trois tibots, Doudou...

Jamais elle n'avait été aussi heureuse de sa vie. Au point de s'apercevoir que c'était la première fois qu'elle chantait tout en travaillant depuis des années. Envolé, le souvenir du temps passé au service de Jacqueline Murchison. Et ce n'était pas seulement à cause du joli chèque en dollars qu'elle voyait l'avenir sous un ciel rose.

Ghislaine se pointa à l'entrée de la cuisine. Superbe dans sa robe du soir à la nouvelle mode, décolletée à l'ancienne et longue.

— Tout va bien, Marie-Edith ? Pas de problème ?

La vieille Antillaise se tourna vers sa nouvelle patronne. Celle avec laquelle elle avait fait accord dès la visite de Ghislaine à son chevet, à l'hôpital où elle se remettait de ses émotions. Tout s'était passé en cinq minutes. Marie-Edith, malgré son argent tout neuf, n'avait aucune envie de rentrer s'ennuyer au pays. Et Ghislaine rêvait depuis des mois d'une employée dans son genre.

— Pas de problème, Madame, répondit Marie-Edith avec un accent chantant. Dites-moi seulement quand les invités arriveront.

Les invités, c'était Lucien Dormaz, bien sûr, plus M. et Mme Tournel. Et Gilles, dont ce serait la première sortie chez son sauveur.

Ils arrivèrent à l'heure, tous ensemble. Mme Tournel se jeta aussitôt dans les bras de Boris. Il avait bien fallu tout lui dire, à elle, comme à son mari. Enfin, pas complètement tout...

Gilles s'avança derrière eux, encore un peu pâlot, mais tellement joli garçon dans son pantalon à pinces, ses « docksides » bleu et vert et sa chemisette à poches plaquées. Il regardait partout, avec ses longs cils de fille battant au dessous de ses sourcils bien dessinés.

Il paraissait très intimidé d'être là, mais tout dans son maintien criait qu'il était devenu un homme, même s'il ne s'en souvenait plus. Quant à la petite douleur à l'aine, il la prenait pour ce que lui avait dit le médecin : tout juste une égratignure, une conséquence de la bagarre quand on l'avait libéré. Rien d'autre. Il ne fallait pas chercher midi à quatorze heures.

Il avait beaucoup réfléchi, depuis son réveil à l'hôpital et peu à peu, il s'était demandé à quoi il jouait, avant. Avant ce cauchemar commencé en conte de fées dans un supermarché. Ce qu'il avait vu au moment de sombrer dans la drogue, lui avait suffi pour comprendre. Ce monde de ses rêves, ce monde de luxe et de femmes fuyant le soleil devenu réalité sous ses yeux. C'était de la folie. Il était temps de sortir de l'irréalité des livres et d'entrer dans la vie réelle. La vie d'aujourd'hui.

Tout à l'heure, en regagnant sa petite chambre, rue Gambetta, il avait contemplé avec étonnement ses rayons de poètes symbolistes, ses revues d'art d'un temps révolu. Et, soudain, tout ça lui avait paru vide de sens. D'accord, il ne reniait pas. Mais ce serait une époque de sa vie. Révolue. A cause d'un cauchemar vécu en vrai.

Il alla s'asseoir sur la terrasse où Marie-Edith commençait le service des apéritifs. Il ne reconnaissait à peine celle qu'il avait pourtant vue chaque jour, une semaine durant : la drogue avait vraiment annihilé toute cette partie de son existence. Pour lui, un long trou noir dont il ne se souviendrait jamais.

— Que voulez-vous boire ? lui dit celle qui l'avait vu si souvent boire son champagne truqué et qui s'était rachetée en jouant un rôle capital dans sa libération.

Boris se rapprocha :

— Allons, un petit pastis. Comme un homme.

Gilles lui sourit. Il n'avait jamais bu de pastis, avant, il trouvait que c'était une boisson vulgaire. Indigne de ses principes.

— D'accord, dit-il. Pastis. Mais juste un fond.

Il battit des paupières.

— Il faut m'habituer.

Ghislaine était assise en face de lui. Il la regardait furtivement. Dès l'entrée, il avait eu un choc. Que le décolleté était joli, et comme la robe longue lui allait bien ! Sans doute, elle était bronzée, mais après tout, le hâle de sa peau était ravissant dans le décolleté contre la soie grège de la robe.

Ghislaine lui adressa un petit signe de la main :

— Alors, Gilles ? C'est bon, le pastis ?

Les longs cils de fille du petit pâtissier se mirent à battre :

— C'est drôle, avoua-t-il, je n'aurais jamais cru que ça puisse être agréable de boire ça.

Très bas, sous la terrasse, une bande de jeunes rangeaient leurs planches à voile sur le toit d'une voiture parquée au bord de la crique de l'Escalet. Derrière eux, de petites vagues roulaient doucement sur le sable. Ils riaient. On les entendait de loin parler d'une boîte où ils avaient l'intention de se rendre ce soir pour danser. Gilles se leva et il alla s'appuyer à la balustrade.

Subitement, il se sentait très seul. Une envie montait en lui. Avoir des copains. Finalement, il avait été idiot de se replier sur lui-même. Pourquoi fallait-il que les gens de son âge soient infréquentables sous prétexte qu'ils aimaient nager, se dorer au soleil, et aller danser en groupe dans les boîtes de nuit ?

Il revint vers son fauteuil, plongé dans des pensées contradictoires.

***

Ils étaient de nouveau sur la terrasse, mais cette fois, c'était la nuit, balayée par le pinceau — quatre fois, cinq à six secondes sans rien, puis quatre fois — du phare de Camarat. Le dîner avait été merveilleux. Marie-Edith se révélait une cuisinière hors pair. A table, ils avaient tous parlé de l'avenir de Gilles et de ses études après le bac. Ils avaient parlé littérature aussi et Gilles avait été épaté que Boris et Ghislaine soient capables de lui tenir tête sur les poètes symbolistes.

Mme Tournel fit signe à son mari :

— Edmond, il est minuit passé. Tu ne crois pas qu'il faut rentrer ?

Son mari consulta sa montre :

— Mais bien sûr, tu as raison, minette !

Il sauta sur ses jambes.

— Excusez-nous, on était tellement bien ici.

Il se tourna vers Gilles :

— On va dire au revoir, tu ne crois pas ?

De dessous l'applique murale autour de laquelle tournoyaient des papillons de nuit guettés par un lézard accroché dans le crépi du mur, une longue silhouette se leva, cheveux blonds flottant dans la légère brise de nuit qui lui plaquait aux jambes la soie de sa jupe plissée, Ghislaine, fabuleuse en fée de la nuit avec son décolleté profond et ses bijoux scintillants. Dansante, ondulante.

Princesse.

Elle s'avança vers les parents de Gilles et elle leur adressa son sourire le plus éclatant :

— Permettez-moi une requête, fit-elle avec sa voix de gorge.

Elle jeta un long regard de côté à Gilles, cils battants.

— Prêtez-le-nous pour ce soir. Il est tout à fait rétabli. Il a besoin de se changer les idées. Nous allons danser en ville. Laissez-le venir avec nous.

Elle renversa la gorge avec un rire éclatant :

— Et n'ayez pas peur. Nous n'avons pas l'intention de vous l'enlever. Et Lucien veillera aussi sur lui...

Elle stoppa brusquement et se tourna vers Gilles.

— Mais, je vais peut-être un peu vite en besogne. Gilles, tu n'as peut-être pas envie d'aller danser ?

Gilles la dévorait des yeux. Fasciné. Il sortit enfin de son rêve :

— Oh, si, Madame. Bien sûr. Merci.

***

Il y avait foule devant la porte de chez *Régine.* Mais les préposés à l'entrée étaient intraitables. On n'entre que si on est membre du club.

Ghislaine prit la main de Gilles.

— Suis-moi.

Ahuri, il vit le miracle se produire avant même que Ghislaine ait sorti sa carte plastifiée rose barrée de gris : les gardiens s'écartaient en s'inclinant, les portes s'ouvraient. Et Gilles entrait dans le temple des fêtes d'aujourd'hui. Boris Corentin et Lucien Dormaz suivaient goguenards. C'était ahurissant, saoulant. Partout des lumières multicolores tournoyaient. La piste était bourrée. Ghislaine tirait toujours Gilles par la main jusqu'au disc-jockey. Elle avait l'air de très bien le connaître. Elle l'embrassait sur les deux joues. Elle lui parlait à l'oreille et il faisait signe que oui de la tête.

Ghislaine repartit.

— Notre table est là-bas.

Elle lui désignait le bord de la piste, là où il y avait de profonds canapés revêtus de quelque chose qui faisait penser à des peaux de bête. Le vacarme était assourdissant, des rocks déchaînés auxquels Gilles n'arrivait encore tout de même pas à s'habituer.

Ils allaient s'asseoir et déjà le serveur se précipitait pour prendre leur commande quand le vacarme stoppa net. Et un slow lui succéda. Un vrai slow. A danser joue contre joue.

Ghislaine se rapprocha tout contre Gilles.

— Fais-moi plaisir. Invite-moi. Je l'ai fait mettre pour toi.

Le serveur se penchait vers la table où Boris et Lucien étaient restés seuls.

— Pour Messieurs, ce sera ?...

Boris ne l'entendait pas. Les yeux rivés au couple qui dansait, joue contre joue. Ghislaine et Gilles. Il alluma une cigarette en soupirant. Il avait compris. Ghislaine avait décidé de s'occuper de l'éducation sentimentale de Gilles. Sa vraie. La seule capable de l'aider à oublier son cauchemar. Décidée de le guérir. De faire de lui un homme normal.

Et lui, il ne pouvait rien d'autre que de laisser faire...

Il réalisa la présence du serveur.

— Ah... Whisky, une bouteille.

A trois tables plus loin, deux filles superbes, une brune et une blonde, étudiaient Boris Corentin et Lucien Dormaz par en dessous.

— Pas possible, gloussa la blonde, qu'un type comme le brun soit sans nana... C'est criminel !

La brune approuva, gourmande.

— Tu as raison, mais le moustachu n'est pas mal non plus. On les tire à pile ou face.

Elle attrapa une pièce sur la table.

— Pile, c'est moi qui prends le brun. Face, c'est toi.

appelez-moi
sur ma
ligne
privée :
16 (1) 43 54 29 29
Nous fantasmerons
ensemble.
Comtesse Alexandra

Achevé d'imprimer en octobre 1986
sur les presses de l'Imprimerie Bussière
à Saint-Amand (Cher)

— N° d'édit. 11524. — N° d'imp. 2497. —
Dépôt légal : novembre 1986.

Imprimé en France